그림형제의 동화적 상상력! 로알드 달 특유의 냉소!
에드워드 고리의 고딕풍 유머!
Collective, interactive culture magazine

그가 창조한 세계에서는 모든 것이 비현실적이다.
하지만 신랄하리만큼 명료한 글로 독자들이 그 세계를 믿게 만든다.
Sunday Telegraph

마음을 뺏길 만큼 매혹적인 데이비드 로버츠의 일러스트레이션이
책 전체를 관통하는 으스스한 분위기를 만들어낸다.
스토리 또한 고딕적이지만 본질적으로 인간의 마음을 건드리기에 충분하다.
'안쓰러운 이야기들'이지만 묘하게 삶에 영향을 미치는 구석이 있다.
Time Out

잠에 빠진 소년

잠에 빠진 소년

믹 잭슨 지음·데이비드 로버츠 그림·문은실 옮김

노란잠수함

TEN SORRY TALES

by MICK JACKSON
Copyright ⓒ Mick Jackson, 2005.
Korean translation copyright ⓒ Yellow Submarine Haneon. Co., Ltd., 2016
Korean translation rights arranged with Faber and Faber Limited,
through EYA(Eric Yang Agency).
All rights reserved.

차례

피어스 자매   7

지하실의 보트   21

레피닥터   45

은둔자 구함   87

잠에 빠진 소년   111

뼈 모으는 소녀   127

외계인 납치사건   141

강 건너기   169

꼭꼭 숨어라, 머리카락 보일라   185

단추도둑   207

Gothic Novel 시리즈를 내며

자매는 사내를 훈제하기 전에 면도부터 시켰다.
이제 이 남자는
다른 세 남자와 함께 자매의 오두막에 앉아 있다.
기묘한 박물관에 놓인 전시물처럼
그들은 책을 읽거나 카드놀이를 하거나 피아노를 친다.
네 명의 익사체,
하나같이 과묵하면서도 멋진 네 남자.

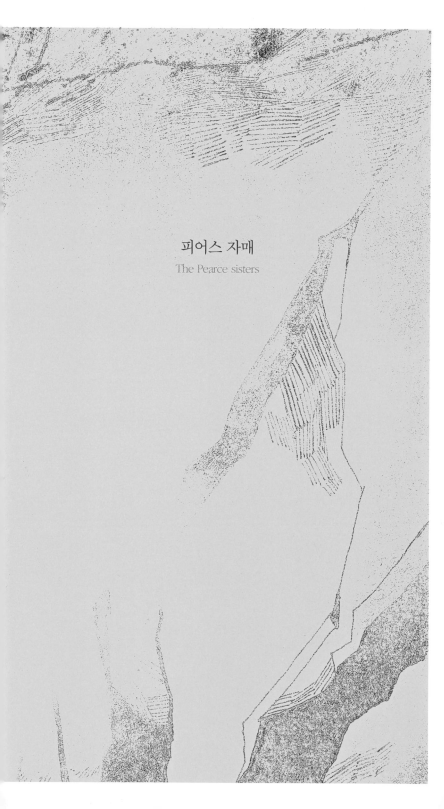

피어스 자매

The Pearce sisters

롤과 에드나 피어스는 15킬로미터가량 떨어져 사는 가장 가까운 이웃들과 다름없이 나름대로 벗을 만들어 살고 있었다. 그들은 자갈 해변 위에 세워진 낡아빠진 오두막에서 살았는데, 방이라는 방은 죄다 바람에 덜걱거리며 각양각색의 소리를 냈고, 밀물이 높을 때면 파도가 문 앞까지 밀려와 사정없이 철썩이곤 했다. 하지만 햇살이 구름 사이를 비집고 나오면서 비가 잦아들고 바람이 멎을 때도 없지 않았다. 그럴 때면 자매는 해변을 거닐며 떠밀려온 나뭇가지를 모아다가 난로에 불을 지피거나, 구멍 난 오두막 여기저기를 기웠다.

자매는 바다가 그들에게 선사하는 선물로 최선을 다해 삶을 꾸려나갔다. 일주일에 여섯 날은 배를 타고 나가 그물을 끌어올려서 뭐가 걸렸는지 확인했다. 바다에서 건져 올린 것은 대부분 자매의 일용할 양식이 되었고, 먹고 남은 것은 창고에 걸어 훈제했다. 칠흑 같은 어둠 속에서 며칠을 묵히면 어떤 흰살 생선도 윤기가 좔좔 흐르는 황갈색으로 변하면서, 풍성하고 달콤한 타르의 악취를 풍겨댔다. 피어스 자매는 보름에 한 번은 오래된 신문지에 훈제청어와 고등어, 대구를 싸서 마을로 나갔고, 그걸 판 돈으로 인생의 작은 호사 한두 가지에 필요할 빵이나 소금, 차와 같은 생필품을 샀다.

쌀쌀하고 비가 추적추적 내리던 어느 수요일, 롤은 지붕 위에서, 구멍이 나 비가 새는 곳을 메우느라 판자를 덧대 못질을 하고 있었다. 에드나는 뒤뜰에서 아침에 잡은 생선을 열어 내장을 손질하고 있었다. 못질을 막 끝내고 사다리를 타고 내려가려던 롤은 어쩌다가 문득 바다 쪽을 흘긋 보았다. 비 오는 쌀쌀한 수요일에 해안과 수평선 사이에서 뭔가 눈에 띄는 것은 흔한 일이 아니었다. 하지만 그날 롤은 파도 너머로 뭔가를 본 것 같았다. 그녀는 바다가 다시 근육을 쭉 펴기를 기다렸다. 잠시 후, 조금 전에 스치듯 어렴풋이 보였던 형체를 확실히 알아볼 수 있게 되었다. 길이가 9미터쯤 되는 물체에 가엾은 한 남자가 필사적으로 매달려 있었다.

"에드나." 그녀가 지붕 위에서 동생을 불렀다.

"배를 가져와."

롤과 에드나는 강인하고 노련한 새와 같았다. 자매는 양동이와 가재잡이 통발을 끌고 오르락내리락 했던 그 길을 배를 끌고 순식간에 내달렸고, 곧 바다에 배를 띄웠다. 그러고는 커다랗고 단단한 손으로 노를 저어나갔다.

롤은 넘실거리는 파도 때문에 시야에서 사라졌다 나타났다를 반복하는 난파선을 놓치지 않기 위해 눈을 부릅떴다.

"벌써 빠져죽은 건 아닐 테지?"

에드나가 말했다.

"아닐 거야."

롤이 대답했다.

자매는 파도를 헤치고 난파선이 수장되고 있는 지점에 도달했다. 기진맥진한 배의 주인은 배에서 멀지 않은 곳에 있었다. 이미 두 번이나 머리를 박고 물을 먹은 상황이었고, 다시막 물속으로 가라앉을 찰나였다. 생명줄이 희미하게 끊어져

가고 있는 듯 보였다. 눈이 뒤집히고 숨이 가빠 입을 벌린 채, 남자는 파도에 파묻히지 않기 위해 최후의 발버둥을 치고 있었다.

자매는 남자를 마지막으로 본 지점으로 다가갔다. 롤이 바닷물에 팔을 넣고 남자를 찾기 위해 이리저리 휘저어보았다. 그녀는 에드나에게 고개를 저어 보이고는, 소매를 어깨까지 걷어붙이고 다시 한 번 더 깊이 물속을 헤집었다. 마침내 롤은 익사 직전에 있던 남자의 목덜미를 낚아채서 동생에게 보였다.

자매는 해변 자갈밭에 남자를 눕힌 후 인공호흡을 했다. 남자에게서 뽑아낸 바닷물이 몇 통은 되었을 것이다. 이윽고 롤이 남자를 일으켜 어깨에 걸쳐 멨고, 세 사람은 집으로 돌아왔다.

남자는 신수가 훤해 보였다. 이도 제 것으로 성했고, 흑갈색 머리칼도 근사했다. 요컨대 피어스 자매가 그렇게 가까이 두고 보기는 꽤 쉽지 않은 부류의 남자였다. 때문에 자매는 정신을 잃은 틈을 타 그를 뚫어져라 쳐다보았다. 자매는 흠뻑 젖은 남자의 옷을 벗겨 난롯가에 걸어놓고, 넝마조각 같은 낡은 수건으로 몸을 닦아주었다. 그러고는 몸을 따뜻하게 해주기 위해 에드나의 분홍색 가운을 입히고, 롤의 낡고 두툼한 양말을 신겨주었다.

자매는 소파에 뻗어 있는 남자의 이마를 닦아주었다. 마치 인형에게 하듯 머리도 빗겨주었다. 그리고 여전히 남자의 얼굴에 자기들 얼굴을 바짝 들이대고 뚫어져라 쳐다보았다. 그때 갑자기, 남자가 기침을 하면서 눈을 떴다.

사실 말이지만, 롤과 에드나의 인생은 이제 황금기를 막 지난 참이었다. 자매는 길고도 고된 인생을 살았다. 바다와 바람이 할퀴어댄 뺨은 얽었고 손은 거칠었으며 머리카락은 푸석푸석했다. 거기에다 생선을 주물러댄 통에 옷은 온통 구 깃구깃하고 기름때 범벅이었다. 그러니 죽다 살아난 남자가 눈을 떴을 때, 자신을 멀뚱멀뚱 쳐다보고 있는 자매의 모습에 다시 기절할 만큼 놀라지 않기란 어려웠을 것이다. 말이야 바른 말이지, 둘 중 그 어느 쪽도 남자가 감당하기에는 벅찼다.

"당신 입에다 대고 아주 펌프질을 해야 했다우." 에드나가 이 빠진 입으로 히죽 웃으며 말했다.

남자는 좌우로 눈을 굴렸다. 흡사 덫에 걸린 토끼 모양 궁지에 몰린 짐승 꼴이었다. 그리고 아래를 내려다보면서 자신이 낡은 분홍색 가운을 입고 있다는 걸 알아차렸다. 다시 고개를 들어 자매를 바라보던 남자는 갑자기 괴성을 내질렀다.

남자 입장에서는 머릿속이 여전히 소금물로 출렁대고 있다 보니 정신을 다 차리지 못한 상태였고, 상황 파악이 안 된 건 당연했다. 소파를 박차고 일어난 남자는 냅다 문 쪽으로 달려 여닫이문의 돌쩌귀가 떨어져라 세차게 열고는 뛰쳐나갔다. 밖으로 나온 사내는 자갈밭을 연신 넘어지며 내달리다가 헐레벌떡 해변을 따라 탈출을 시도했다.

어리둥절했던 자매는 그저 문 앞에 우두커니 서서 사내의 모양을 지켜보고 있었다. 한참을 뛰다가 이 정도면 안전하겠다 싶었는지, 남자는 여전히 에드나의 가운을 그대로 걸친 채로 목숨을 구해준 자매에게 가운데 손가락을 치켜올려 보였다. 그러고는 온갖 욕지거리를 토해내기 시작했다. 불쾌해서 미치겠다는 심정을 표현하기 위한 욕을 어찌나 노골적이고 음탕하게 늘어놨던지 지나가던 갈매기들마저 얼굴을 들 수 없을 정도였다(그렇다고 갈매기가 정숙한 동물이라는 소리는 아니다. 고즈넉한 바닷가라 달리 주위에 별다르게 갖다 붙일 대상이 없었다고 해두는 편이 좋겠다). 실컷 욕을 퍼붓고 돌아선 남자는 다시 비틀거리며 해변을 따라 걸어갔다.

롤과 에드나가 그 젊은 놈이 하는 짓거리에 화가 난 것은 당연했다. 특히 놈을 발견하고 손수 물속을 헤집어 건져주었던 롤의 분노는 주체할 수 없었다. 이루 말할 수 없이 속이 부글부글 끓어오른 롤은 걸친 옷을 동여매고 남자를 뒤 쫓기 시작했다.

남자는 자갈밭에서 자신을 쫓는 롤의 발소리를 틀림없이 들었으리라. 그녀가 다가오고 있음을 모를 수가 없었을 것이다. 심지어 경솔하게 욕부터 지껄인 것에 사과할 시간이 있었을지도 모른다. 롤이 늙긴 했지만 자갈밭을 달리는 것은 남자보다 한 수 위였다. 그러니 따라잡는 건 시간문제였다. 롤은 남자의 어깨를 움켜잡고는 서늘한 눈초리로 째려보았다. 바닥에 주저앉은 남자는 감히 일어설 엄두조차 내지 못했다.

무릎 꿇은 도전자 앞에 선 챔피언 권투선수처럼 남자 앞에 우뚝 선 롤은 동생에게 외쳤다.

"에드나, 배를 가져 와."

자매는 남자를 발견했던 바로 그 지점으로 돌아가 그를 바닷속으로 내던져버렸다. 그러고는 노를 저어 해안으로 돌아왔다. 그 후 자매는 그 일에 대해서는 정말이지 아무 생각도 하지 않았다. 하루 이틀이 지나 남자를 다시 발견하기 전까지는 말이다. 땔감을 구하러 해변에 나온 자매는 목 아래까지 단추를 바싹 채운 채 에드나의 낡은 분홍 가운을 온몸에 휘감고 죽어 있는 남자를 보았다. 자매는 하던 일을 멈추고 잠시 그를 바라보았다. 꽤 평화로워 보였다. 자매는 그를 어떻게 처리할 건지에 대해서 굳이 왈가왈부하지도 않았다. 그들은 모은 땔감을 그저 내동댕이치더니, 남자의 팔과 발목을 나눠 잡고 오두막으로 날랐다.

몇 시간 뒤, 남자는 점심을 거하게 먹고 꾸벅꾸벅 졸기라도 하는 사람처럼 베란다 의자에 앉아 있었다. 혹여 누군가 남자를 보게 될지 모르니 안으로 들여놓자고 롤이 말했고, 그때부터 남자는 집 안의 영구적인 구조물이 되었다. 자매에게는 중국에서 나는 차를 모두 다 준다 해도 바꾸고 싶지 않은 소중한 것이 되었다.

자매는 요전 날 남자를 오두막에 데려왔을 때 그가 입고 있었던 옷을 다시 입혔다. 그리고 좀더 편안한 의자로 옮겨 앉혔다. 난로를 바라보는 그의 모습은 더없이 행복해 보였다. 롤과 에드나는 이리저리 날뛰며 성가신 소동만 일으키지 않으면 세상에 그만한 친구가 없다고 생각했다.

다시 하루가 가고 이틀이 갔다. 자매는 늘 하던 대로 살았다. 저녁이 되면 셋은 난롯가에 옹기종기 모여 앉았다. 에드나는 집안에 남자가 있어 얼마나 좋은지 모르겠다고 말했고, 롤도 같은 생각이기는 하지만 그를 좀더 오래 곁에 두고 싶다면 부패를 막을 방법을 찾아야 한다고 대꾸했다.

자매는 남자의 옷을 다시 벗겨 뒷마당으로 나른 후, 청어
나 고등어를 손질하는 석판 위에 눕혔다. 에드나가 칼을 간
다음 남자의 배를 가르자, 롤이 내장을 죄다 끄집어냈다. 자
매는 그물을 수선할 때 쓰는 실로 남자의 배를 꿰맸다. 그러
고는 제대로 훈제될 때까지 시시각각 들여다보며, 일주일
정도 훈제창고에 걸어두었다.

처음 두어 주 동안 자매는 훈제한 남자를 안락의자에 앉
혀두었다. 그리고 조금 더 지나서는 피아노 의자에 앉히고
자매의 어머니가 살아생전 연주했던 업라이트 건반을 치는
시늉을 하게 했다. 오랫동안 소금기에 절어 살긴 했어도, 자
매는 피아노를 아주 좋아했다. 그리고 남자와 함께 앉아 있
는 지금은 더욱더 좋아하게 되었다. 그들은 마치 그가 당장
이라도 옛 노래를 연주하기라도 할 듯 기뻐했다.

남자의 첫 번째 동무가 되어준 사람은 지역평의회에서
나온 사람이었다. 그는 자매가 사는 오두막과 부속건물을
짓는 데 적법한 설계허가를 받았는지 알아보려고 오두막을
들렀다. 롤과 에드나는 집이 도대체 어때서 그러냐며, 멀찍
이 떨어져 한번 보자고 남자를 바닷가로 유인한 다음, 물속
으로 밀어버렸다. 두 번째 남자의 시체는 하루 이틀 후 첫 번
째 남자를 발견했던 그 해변 인근에서 어김없이 찾을 수 있

었다. 안경은 사라지고 없었지만, 입고 있던 옷은 멀쩡했다.

세 번째 손님은 남의 일에 참견하길 좋아하는 그저 그런 늙은이였다. 그는 우연히 자매의 오두막을 지나치다가, 공연히 궁금해져서 주변을 어슬렁거렸다. 애석하게도 늙은이는 바다에는 나가보지도 못한 채, 훈제창고에서 최후를 맞고 말았다. 오두막을 염탐하기 위해 슬그머니 부엌 창문에 코를 들이밀고 킁킁거리는데, 느닷없이 창문이 열리고 말았던 것이다. 롤은 늙은이의 옷을 움켜쥐고 질질 끌고 가 개수대에 처박아버렸다. 한 집안을 호령하던 가장의 입장으로 볼 때 그런 취급을 당한다는 건 꽤나 수치스러운 일이었을 것이다.

네 번째 희생자는 무고한 방랑자였다. 어쩌다 길을 물으러 자매의 집을 찾은 것이 치명적인 실수가 되었다. 남자는 턱수염이 조금 나 있었는데, 자매가 열광하는 인상은 아니었다. 그래도 짝을 맞추기 위해 남자 하나를 절실하게 구하던 참이었으므로 달리 도리가 없었다. 자매는 길을 알려주겠다면서 남자를 바다로 안내했다. 그리고 바닷물이 허벅지까지 오는 곳으로 끌고 가 물 밖으로 나오지 못하게 한참을 짓눌렀다. 사내가 들고 있던 오르덴스 서베이 지도(하이킹의 나라 영국에서 가장 유명한 지도—옮긴이 주)가 천천히 퍼덕거리더니 얼마 후 해변으로 날아갔다.

　자매는 사내를 훈제하기 전에 면도부터 시켰다. 이제 이 남자는 다른 세 남자와 함께 자매의 오두막에 앉아 있다. 기묘한 박물관에 놓인 전시물처럼 그들은 책을 읽거나 카드 놀이를 하거나 피아노를 친다. 네 명의 익사체, 하나같이 과묵하면서도 멋진 네 남자는 롤과 에드나 피어스 자매와 함께 즐거운 시간을 보낸다.

지하실의 보트

A row-boat in the cellar

모리스 씨에게 유별난 점이 있다면 바로 다리 한쪽이 없다는 사실이다. 아주 오래전 군대에서 그는 한쪽 다리를 잃었다. 포탄이 날카로운 쇳소리와 함께 청명한 하늘을 가르며 쏟아져 내릴 때, 모리스 씨는 이름도 모르는 어느 전쟁터 참호 속에 앉아 있었다. 모리스 씨의 왼쪽 다리를 날려버린 그 무시무시한 포탄은 그의 가장 친한 친구였던 프랭크의 목숨도 앗아갔다. 참호 속에 웅크리고 앉아서 크리켓 이야기를 하고 있던 순간, 젊은 프랭크는 싸늘한 시체로 변해버렸다.

전쟁이 끝난 후, 모리스 씨는 철물점에 취직해서 나사나 본드, 너트, 볼트 등을 팔았다. 손님이 문을 달고 싶다고 하면 필요한 경첩을 알려주고, 벽에 선반을 걸고 싶다고 하면 알맞은 까치발을 일일이 골라주었다. 하다못해 전구 하나도 불량인지 아닌지 한번 끼워보고 팔아야 한다며 극구 나서곤 했다. 모리스 씨는 전구를 싸고 있는 마분지를 벗긴 후 카운터 뒤에 있는 소켓에 끼워보고 불이 들어오면 "흠, 좋아요"라고 말하고, 혹시 불이 들어오지 않으면(사실 그런 경우는 거의 없지만) "이건 불량이오"라며 쓰레기통에 던져버리는 사람이었다.

지난 사십이 년간 모리스 씨가 판 테레빈유와 램프나 난로에 쓰는 메틸알코올만 해도 수천수만 병에 이른다. 손님들에게 적당한 페인트 붓이나 송곳, 빗자루를 골라주는 데는 도가 튼 터였다. 나무로 만든 의족(발끝에 깔끔하게 신발을 신겨놓았다)에 몸을 의지하여 가게 구석구석을 하루 종일 절뚝거리며 돌아다니면서도, 모리스 씨는 불평 한마디 하지 않았다. 그는 인기가 아주 많았고, 알짜배기 정보도 아주 많이 알고 있었다.

마침내 모리스 씨가 퇴직할 때 같이 일했던 직원들은 그를 위한 저녁식사 자리를 마련하고, 양복 조끼에 넣는 시계를 선물했다. 시계에는 "당신의 다리도 이제는 쉴 때입니다"라는 글귀가 새겨져 있었다. 저녁식사를 마친 후 모리스 씨는 동료들과 일일이 악수를 하고, 비틀거리며 집으로 돌아왔다. 다음주 월요일 아침에 눈을 떴을 때, 모리스 씨는 뭔가 몰두할 수 있는 일을 꾸며보지 않으면 안 되겠다는 생각이 들었다.

어떤 사람들에게 퇴직은 이제까지 쌓아왔던 인생의 체계를 송두리째 뒤흔드는 경험이 된다. 그들은 갑자기 남아도는 시간에 어쩔 줄 몰라 한다. 어떤 이들은 그동안 못 잔 잠이나 실컷 자자며 자리보전을 하고, 어떤 사람들은 공부를 한다. 또 어떤 이들은 벌건 대낮부터 텔레비전 리모컨을 쥐고 이리저리 채널을 돌린다. 하지만 일생 동안 굳어진 습관을 바꾸는 게 어디 그리 쉬운가. 그들은 굳이 자명종을 맞추어놓지 않아도 꼭두새벽부터 잠에서 깬다. 문득 예전의 일상으로 돌아가고 싶은 충동을 느끼기도 하고, 아무도 없는 공간에서 혼자 살아갈 생각에 두려워지기도 한다.

누군가는 옛 동료들이 있는 직장을 그리워하면서, 급기야는 그만둔 걸 후회하기 시작하기도 한다. 모리스 씨에게는 그러저러한 감정은 들지 않았다. 다만 무언가 분주하게 움직일 만한 일이 필요하다고는 생각했다. 그래서 무슨 일을 하면 좋을지 이모저모 궁리하기에 돌입했다.

퇴직하고 처음 맞이한 주에는 아침마다 차를 만들고 계란을 삶아서 식사를 해결한 후 마을 한가운데를 유유하게 관통하는 강변을 산책했다. 책을 써보면 어떨까도 생각했다. 철물점에서 일한 경험을 살린 책 혹은 전쟁에 관한 책도 좋을 것이었다.

모리스 씨는 자전거를 타는 것도 좋아했다. 자전거를 타고 전국일주를 해볼 수도 있었다. 랜즈 엔드에서 존 오그로츠(영국제도 최남단에서 최북단)까지 몇 마일을 달려야 하는지 도서관에 가서 찾아보기도 했다. 하지만 어느 순간, 그것도 별로 좋은 계획이 아니라는 생각이 들었다. 낚시에 빠져볼 수도 있었다. 그는 생선을 매우 좋아했다. 특히나 감자튀김을 곁들이면 더욱 좋았다. 하지만 하루 종일 죽치고 앉아서 헤엄쳐오는 물고기들을 기다리는 것도 결국 별로 내키지 않는 일이었다.

목요일 아침, 모리스 씨는 강둑에 서서 조용히 흘러가는 강물을 바라보았다. 그는 직감적으로 뭔가 재미있는 일이 떠올랐다. 어린 시절에 보냈던 어느 휴가 때의 일이다. 그때 그의 아버지는 배를 하나 빌려서 그와 어머니를 태우고는 윈더미어 호수 위를 노 저어 갔다. 그 생각에 이르자 머릿속이 그야말로 전구가 켜진 것처럼 번쩍 했다. 그는 손수 노 젓는 배를 만들어보기로 했다.

"바로 그거야." 그가 입 밖으로 소리를 내어 말했다.

모리스 씨는 서둘러 집으로 돌아가서는 곧장 한쪽 벽에 톱이나 망치 같은 연장이 도열해 있는 지하실로 내려갔다. 그러고는 연장 주변을 두리번거리며 어떤 배를 만들면 좋을지 궁리했다. 패들로 노를 젓는 에스키모 카약은 어떨까? 아니면 색다른 방식의 통나무배를 시도해보는 것이 좋을까? 모리스 씨는 지금까지 봤던 모든 종류의 배를 기억해내려고 애썼다. 코러클(버들가지로 엮어 가죽을 두른 작은 배. 아일랜드나 웨일스 지방에서 주로 탄다—옮긴이 주)을 만들어보겠다는 생각에 꽤 이끌리기도 했다(단지 그 단어를 입 밖에 냈을 때의 느낌을 좋아하는 것일 수도 있다). 하지만 모리스 씨는 육십 년 전 그 호숫가에서 아버지가 빌렸던 구식 배를 만들기로 마침내 결단을 내렸다. 어쩐지 자기 나잇대 남자에게는 그런 배가 어울릴 것 같았기 때문이다.

그는 차근차근 계획을 세워나갔다. 나무가 얼마나 필요한지 꼼꼼하게 계산하고 나서는 목재소에 가서 필요한 만큼의 나무를 샀다. 그리고 두어 달 동안은 아침 일찍부터 일어나서 시리얼과 꿀 바른 토스트에 차를 곁들여 든든하게 챙겨먹은 다음 지하실로 내려가 오버롤 작업복으로 갈아입었다. 그는 하루하루 규칙적으로 꾸준히 작업을 했다. 오후 한 시쯤에는 지하실에서 올라와 치즈와 피클을 넣은 샌드위치와 수프로 가볍게 점심을 때웠고, 서너 시쯤에 이르면 다시 차를 한 잔 마셨다. 저녁이 되면 강둑을 걸으며, 노를 저어 강을 오르내리는 자신의 모습을 머릿속으로 그려보았다. 상류로 노를 저어 올라가 시골 술집에서 낱말맞추기 놀이를 하는 자신의 모습이 그려졌다. 하류로 배를 몰고 가 예전에 일했던 철물점에 들르는 모습도 펼쳐졌다.

모리스 씨는 톱밥 냄새를 좋아했다. 사포가 밀고 지나간 나무의 감촉을 좋아했다. 그러나 무엇보다도 그가 가장 좋아하는 것은 바니시(광택제로 쓰이는 도료. 일명 니스—옮긴이 주) 냄새였다. 배가 완성되었을 즈음에는 아마 바니시를 열 번은 덧칠하고도 남았음이 틀림없다. 배는 바야흐로 적갈색에 은은한 광택을 띠게 되어서, 윈더미어 호수에 띄운다면 분명 강을 거슬러 올라가는 한 마리 거대한 송어 같은 모습이리라.

모리스 씨는 완성된 노를 양쪽 노걸이에 조심스럽게 걸어놓은 후, 한 발짝 물러서서 제 손으로 탄생시킨 작품을 황홀한 눈빛으로 바라보았다. 배는 마치 박물관의 전시물처럼 버팀다리 위에 우뚝 서 있었다. 그 순간 모리스 씨는 제 자신이 그보다 더 자랑스러울 수가 없었다. 그는 배를 건조하기 위해 쏟아 부은 그간의 노고를 돌이켜보았다. 셔츠를 흥건히 적셨던 그 숱한 땀을 되새겼다. 그렇게 서서 자신의 아름다운 배에 찬탄을 거듭하는 동안에, 그는 기묘하게 싸늘한 냉기가 어깨를 타고 오르는 것을 느꼈다. 생각하고 싶지도 않은 무시무시한 무언가가 다가오고 있었다.

모리스 씨는 배를 쳐다보았다. 배는 너무나도 크고, 너무나도 견고했다. 그러고는 서서히 몸을 돌려 계단 위를 올려보았다. 갑자기 지하실 문이 너무나 작아 보였다. 다시 배를 돌아보았다. 그의 입이 떡 벌어졌다. 쓰라린 눈물이 솟구쳐 나오는가 싶더니 이내 콸콸 쏟아져 내렸다.

모리스 씨는 한동안 부엌에 앉아 라디오를 듣는 시늉을 했다. 그토록 멋들어진 배가 저 아래에 갇혀 있다는 사실을 도저히 견딜 수가 없었다. 한 시간쯤 흘렀을까, 모리스 씨는 다시 아래층으로 내려갔다. 줄자를 찾아내어 이리저리 길이를 재보았다. 하지만 무슨 수를 쓴다 한들 그만한 덩치의 배를 그렇게 작은 문으로 빠져나가게 할 방법은 없었다.

하지만 모리스 씨가 가장 상심한 이유는 다른 데 있었다. 자신이 이제껏 들인 공이 수포로 돌아갔다는 건 문제가 아니었다. 이제 그 배는 태어난 목적이 무상해진 참이었다. 물 위를 유유히 항해하리라 꿈꾸었던 배는 어두운 지하 감옥에 갇힌 비련의 주인공 신세가 되고 말았다.

그 후로 몇 주 동안 모리스 씨는 배에 대해서는 아예 생각조차 하지 않으려고 안간힘을 썼다. 하지만 그럴수록 배를 향한 그의 마음은 점점 더 간절해졌다. 쇼핑도 해보고 성찬을 차려 먹어보기도 하고 라디오에 귀를 기울여보려고도 했지만, 정신을 차려보면 어느새, 오도 가도 못하고 꽁꽁 묶여 있는 배를 하염없이 바라보기 일쑤였다.

어느 수요일 저녁이었다. 강변을 산책하던 모리스 씨는 문득 강물이 많이 불었다고 생각했다. 근래에 비가 내리기도 한 터이니(그렇게 드문 일도 아니지만) 그럴 수밖에 없는 일이었다. 그는 그러려니 하고 말았다. 적어도 그날 밤, 비명을 지르며 골목을 뛰어다니는 사람들 때문에 잠을 깨기 전까지는 말이다. 모리스 씨는 창밖을 내다보았다. 온 동네 사람들이 잠옷 바람에 장화를 신고 나와 떼 지어 모여 있었다.

"모리스 씨, 강물이요, 강물." 누군가 외쳤다. "강물이 넘쳐서 둑이 무너질 판이에요."

모리스 씨는 창문을 닫고 나서 한 발로 껑충껑충 뛰어 다시 침대로 가서는 얼마간 골똘히 생각에 잠겼다. 모리스 씨는 의족을 신고 가운을 챙겨 입은 다음 지하실 계단을 내려갔다.

지하실 문을 열었을 때 모리스 씨는 무시무시하면서도 짜릿한 광경을 목격했다. 상자와 바니시 통이 물 위에 둥둥 떠 있었고, 나사를 넣어둔 유리항아리와 맥주병도 여기저기서 자맥질을 하고 있었다. 그리고 그 아수라장 한가운데에 모리스 씨의 노 젓는 배가 평온하면서도 위풍당당하게 부유하고 있었다.

모리스 씨는 빨랫줄로 만든 올가미를 머리 위로 두어 바퀴 빙빙 돌리고 나서 배에 걸친 다음, 자기 쪽으로 천천히 끌어당겼다. 마치 사나운 야생마를 길들이는 카우보이처럼. 이윽고 계단에서 배 위로 조심스레 올라탄 모리스 씨는 자리에 앉자마자 배를 계단 반대방향으로 가만히 밀어보았다.

모리스 씨는 그날 밤 내내, 홍수로 물이 차오른 지하실에서 벽과 벽 사이를 왔다갔다하며 노를 저었다. 쓰레기 더미를 헤치며 노를 젓는 모리스 씨는 세상사 모든 근심을 단번에 날려버린 행복한 모습이었다. 고작 지하실에서 노를 젓는 게 전부였지만, 아무것도 못 하는 것보다는 나았다. 적어도 지하실에서 배의 방향을 바꾸는 법은 익힐 수 있었다. 그날 이후 며칠 동안, 동네 사람들이 삼삼오오 모여 걱정을 늘어놓으면서 마을이 영영 제 모습을 찾지 못하면 어쩌나 전전긍긍하고 있는 사이에 모리스 씨는 물 위에서 자신의 발이 되어줄 배에 앉아 있었다. 조금 불편하지 않을까 하는 생각이 들지 않았더라면 배 위에서 잠까지 자려고 들었을지 모를 일이었다.

목요일 오후가 되자 비가 잦아들면서 강의 수위도 낮아졌다. 토요일 아침, 그날 역시 두어 시간 노를 저어볼 생각으로 새벽 댓바람부터 잠에서 깬 모리스 씨는, 지하실 문을 연 순간 온갖 잡동사니가 진창 위에 처박혀 있는 광경을 목격했다.

난장판이 따로 없었다. 하지만 이제 그런 시련에 굴할 모리스 씨가 아니었다. 그는 진흙을 퍼내고 벽을 닦으면서 더 큰 홍수가 밀려오기를 고대했다. 그날 이후 비가 한 방울이라도 듣는 듯싶으면, 모리스 씨는 정신이 번뜩 들었다. 그에게는 하늘에 뜬 먹구름 하나하나가 희망이었다. 모리스 씨는 강물의 수위가 어떻게 변하는지 한시도 눈을 떼지 않았다. 하지만 강물이 철철 흘러넘칠 정도의 큰 홍수가 날 기미는 전혀 보이지 않았다.

모리스 씨는 대비를 하자는 쪽으로 생각을 돌렸다. 적어도 내년 이맘때면 다시 홍수가 날 가능성이 아주 높았다. 지하실을 지금보다 늘린다면 더 넓은 공간에서 배를 탈 수 있을 것이었다. 그리하여 모리스 씨는 일 년 계획의 땅 파기 공사에 돌입했다. 곡괭이와 손수레를 구입한 모리스 씨는 지하실 벽을 허물기 시작했다. 처음에는 길 아래로 지나가게 하려는 목표로 높이 1.5미터에 너비 2미터짜리의 터널을 팠다. 하지만 얼마 안 가서 하수구니, 파이프니 하는 온갖 장애물을 만났다. 그래서 두 번째로는 뒷마당 쪽으로 터널을 뚫기 시작했다. 이번에는 작업이 빠른 속도로 착착 진행되었다.

모리스 씨는 근처 광산의 석탄 운반차에서 집어온 목재로 터널 천정을 보강했다. 그는 어지간하면 보통 하루에 네댓 시간 동안을 터널 파는 데 보냈고, 그리고 나서 한두 시간 정도 낮잠을 잤다. 그리고 대충 저녁을 차려 먹고는 해질 녘까지 기다렸다가 일을 했고, 느긋하게 밤을 맞이했다. 새벽이 되면 계단을 가득 메운 흙더미를 수레에 퍼 담고서, 달빛이 채 가시지 않은 길에 나가 흙을 버렸다.

처음 몇 날은 이웃집 정원에 내다 버렸지만, 그런 식으로는 얼마 가지 못할 게 뻔했다. 그래서 짜낸 묘안이 흙더미를 날라다 강물에 감쪽같이 쏟아 붓는 것이었다. 그러고 보니 일석이조의 아이디어였다. 강물에 계속 흙을 쏟아 붓다 보면 내년 이맘때 강물의 수위가 단 몇 센티미터나마 높아질지 모를 일이었다.

온 세상이 한창 잠에 빠져든 시간에 손수레를 끌고 거리를 어슬렁거리는 한 노인네를 신경 쓸 사람은 아무도 없었다. 새벽 서너 시의 거리는 놀랄 만큼 적막했다. 딱 한 번 곤경에 처한 적이 있긴 하다. 강에 흙더미를 버리고 있는 모리스 씨의 옆에 경찰 순찰차가 섰던 것이다. 차창을 내린 경찰관은 모리스 씨의 얼굴에 플래시를 비추며 뭐 하느냐고 물었다. 그는 텅 빈 수레를 내려다보고 나서 경찰관에게 얘기했다.

"퇴직한 노인네라우."

경찰관은 잠시 모리스 씨의 말을 되새겼다. 가만 생각해보니, 이 년 전에 퇴직한 자신의 아버지도 날마다 새벽 다섯 시 반이면 어김없이 일어나 진공청소기를 돌리곤 했다. 경찰관은 곤히 잠든 사람들이 깨지 않게 조심해달라고 당부하고는 차창을 올리고 어둠 속으로 사라졌다.

일은 순조롭게 진행되었다. 다섯 달쯤 지난 후에는 모리스 씨가 추정하기로 약 1킬로미터 길이의 터널이 완성되었다. 이 속도로 판다면 다음 우기가 찾아올 즈음에는 이 마을을 지나 버치 힐까지 뚫을 수 있을 것 같았다.

홍수 발생 예상 시점을 한 달 정도 남겨두었을 때, 모리스 씨는 배가 떠내려가지 않도록 계단 난간에 단단히 묶어두었다. 흥분이 점점 고조되어가던 어느 화요일 밤, 그날 역시 하루 종일 고된 굴착 일을 끝내고 산책을 하던 모리스 씨는 강변에 심상치 않은 일이 벌어지고 있음을 알아챘다. 가까이 다가가 보니, 군인 여남은 명이 강 쪽으로 줄을 서서 군용트럭에서 내린 모래주머니를 이어 나르고 있었다.

갑자기 속이 불편해진 모리스 씨는 군인에게 다가가 뭐 하는 중이냐고 물어보았다.

"아무 걱정하지 마십시오, 선생님." 그가 대답했다. "올해는 강물이 범람하는 일 따위는 없을 겁니다."

군인은 동료에게서 건네받은 모래주머니를 차곡차곡 쌓고는 군화발로 주변을 야무지게 다졌다. 모리스 씨는 강가에 쌓여 있는 모래주머니와 트럭 위에서 내려지기를 기다리는 모래주머니를 번갈아 바라보았다. 모리스 씨의 어깨 위로 오싹한 기운이 또다시 밀려왔다.

모리스 씨는 이 과업을 진행하면서 생애 최고의 해를 보냈다. 매일 아침을 먹자마자 배 위에 올라앉아, 터널을 지나는 상상을 하면서 시간을 보낸 일 년이었다. 심지어는 샌드위치를 포장할 용도로 물이 배지 않는 기름종이도 샀고, 차를 담을 보온병도 하나 장만한 터였다. 하지만 지금 그 모든 꿈이 사라져버린 것이다. 터널에 쏟아 부은 모리스 씨의 모든 공이 수포로 돌아갔다. 생애 처음으로 그는 늙은이가 된 심정을 느꼈다. 쓸모없고 닳아빠진 부품이 된 것 같았다.

이제 모리스 씨는 땅 파기를 걷어치우고 침대에 누워 라디오에 귀를 기울였다. 하지만 머릿속에 떠오르는 것은 강의 범람을 막기 위해 강가를 둘러싸고 높다랗게 쌓아놓은 모래주머니 더미뿐이었다. 모리스 씨의 예상대로 그 다음주부터 비가 내리기 시작했다. 빗방울은 모리스 씨의 창문을 때리고, 불행에 빠진 모리스 씨 집 지붕에 북장단을 울려댔다. 모리스 씨는 우비를 걸친 다음 우산을 들고 강으로 내려가서 물이 얼마나 차올랐는지 확인했다. 세차게 흐르는 강물은 거의 모래주머니 둑까지 차오르고 있었다. 그는 군인들이 모래주머니만 쌓아놓지 않았더라면 지금쯤 일 년 내내 땅을 파서 만들었던 터널을 배로 오르락내리락 하고 있겠지, 하고 생각했다.

어둠이 깔리기 시작했다. 모리스 씨는 발치에 쌓인 물에 흠뻑 젖은 모래주머니를 물끄러미 쳐다보았다. 쌓인 모래주머니 사이로 물이 조금씩 새나오고 있었다. 만약 저 중 한두 개만 빠진다면, 하고 모리스 씨는 생각했다.

모리스 씨는 나무로 만든 다리로 모래주머니를 툭 차보았지만 꿈쩍할 리가 없었다. 이번에는 우산으로 세차게 찔러보았다. 이도저도 별 진전을 못 보고 있는데, 누군가 자신을 쳐다보고 있는 것 같은 야릇한 기분이 들었다. 뒤를 돌아보자 조금 떨어진 곳에 한 남자가 우의를 걸치고 서 있었다. 잠시 후에 남자가 모리스 씨에게 다가왔다.

"도와드릴까요?" 그가 말했다.

가까이서 보니 남자는 모리스 씨보다 약간 나이가 들었거나 적어도 동년배는 되어 보였다. 그는 모래주머니 하나를 집어들더니, 모리스 씨에게 건네주었다. 모리스 씨가 모래주머니를 받아 들고 어깨 너머로 올리는 순간, 어디선가 또 다른 남자가 느닷없이 나타났다.

"이리 주쇼." 그가 말했다.

일 분도 지나지 않아, 그곳에는 십여 명이 모여 작업을 하게 되었다. 여남은 명의 노인들은 모래주머니를 들고 자전거 체인이 돌아가듯 일사분란하게 움직였다. 바로 몇 주 전, 모래주머니를 싣고 왔던 군인들과 똑같이 말이다.

마침내 그들의 노고가 성공할 조짐이 보였다. 모리스 씨 옆에 있던 남자가 외쳤다. "이제 됐어요." 그의 외침은 파도를 타듯 거기 모인 사람에게로 전해졌다. 이윽고 모래주머니 몇 개가 강물의 무게를 이기지 못하고 서서히 허물어지기 시작했다. 그러자 강물은 갑자기 다른 길이라도 발견한 듯 모래주머니 제방에 큰 구멍을 뚫어놓았다. 동시에 사방에서 모래주머니가 일제히 무너져 내리기 시작했다.

모리스 씨는 그의 다리로 낼 수 있는 최고의 속도로 집으로 달려갔다. 그가 마침내 지하실 문을 열었을 때, 물은 이미 60센티미터 정도 높이로 지하실을 채워 터널로 흘러들고 있었고, 그 가운데에는 배가 힘겹게 끈에 매달려 있었다.

모리스 씨는 램프를 챙겨 들고 배에 올라탔다. 너무도 간절히 염원했던 순간이었던 나머지, 밧줄을 느긋하게 풀 경황도 없이 칼로 끊어야 했다. 그리고 그는 출항했다. 급류를 타고 어둡고도 어두운 터널 속으로 숨 돌릴 새도 없이 빨려들어갔다.

노를 저을 겨를도 없었다. 그저 배가 벽에 부딪쳐 산산조각나지 않게 방향을 유지하는 일만으로도 바쁠 뿐이었다. 모리스 씨는 터널 벽을 스쳐 지나가면서 어깨 위로 램프를 들어 올리고는 길이 얼마나 남았는지 가늠해보았다.

이루 말할 수 없이 근사한 항해, 모리스 씨로서는 세상을 다 준다고 해도 바꾸지 않을 항해였다. 그것은 철물점 카운터 뒤에서는 결코 경험해볼 수 없을 흥분된 감정이었다. 모리스 씨는 환호성을 지르며 이 순간을 즐겼다. 기쁨에 겨운 모리스 씨의 탄성이 메아리쳐 돌아오는 순간, 배의 속도가 잦아들면서 드디어 터널 끝에 도착했다. 그곳에서는 휘몰아치는 물결이 다른 물결과 부딪치면서 작은 소용돌이를 만들어내고 있었다.

모리스 씨는 지하실로 돌아가기 위해 노를 젓기 시작했다. 그러나 아무리 미친 듯이 노를 저어도, 배는 어디로도 갈 생각을 하지 않고 제자리를 맴돌 뿐이었다. 물이 흘러넘치는 터널 안에서 움쭉달싹 못하고 갇혀버리고 만 것이다. 넘치는 물은 배를 휘갈기며 터널 벽으로 밀어붙이고 있었다.

모리스 씨는 수위가 계속해서 높아지고 있는 것을 보았다. 처음에는 차오르다 제 풀에 멈추려니 했지만, 배는 물과 함께 점점 더 높이 올라가고 있었다. 필사적으로 노를 저어보았지만, 얼마 안 가서 배는 거의 터널 천정에 닿을 지경이 되었다.

물은 계속 밀려왔다. 등은 이미 꺼져버렸고, 모리스 씨는 사납게 밀려드는 물길 한가운데 있었다. 마침내 모리스 씨는 그 끔찍한 어둠 속에서 자신의 운명에 굴복할 수밖에 없었다.

"이렇게 가는 것도 그리 나쁜 방법은 아니지." 모리스 씨가 혼잣말로 중얼거렸다. "내 손으로 판 터널에서 내 손으로 만든 배를 타고 죽는 건데 뭐."

물이 모리스 씨를 완전히 집어삼켰다. 그의 몸은 물속으로 가라앉고 있었다.

그러나 바로 그 순간, 그의 온 생애가 파도처럼 밀려와서 눈앞에 펼쳐지던 바로 그 순간, 완고하게 버티고 있던 벽이 뚫리면서 모리스 씨의 배가 엄청난 양의 물과 함께 앞으로 나아가기 시작했다. 마치 지구의 심장으로 빨려 들어가는 것 같은 모습이었다.

사방이 좀 잠잠해졌을 때야 모리스 씨는 비로소 몸을 일으키고 주위를 둘러볼 엄두가 났다. 그는 낯선 곳에 와 있었다. 그가 탄 배는 거대한 어느 지하 호수의 한가운데를 부드럽게 떠돌고 있었다. 커다란 석순과 종유석이 지하 동굴을 장식하고 있었고, 사방 벽과 동굴 천정은 부드럽지만 으스스한 광채를 뿜어내고 있었다.

모리스 씨의 눈에 다른 배들이 떠다니고 있는 것이 보였다. 한두 척이 아니었다. 모두 장대에 허리케인 램프를 달고 있었는데, 그중 하나가 모리스 씨를 향해 천천히 다가왔다. 배가 마침내 바로 옆까지 왔을 때, 모리스 씨는 배의 주인을 알아보았다. 강변에서 만났던 바로 그 사람이었다.

"이곳에 온 것을 환영하오."

노인이 모리스 씨에게 말했다.

모리스 씨는 평정을 유지하려고 온 힘을 다했다.

"반갑습니다." 모리스 씨가 가까스로 입을 열었다.

"랜턴이 하나 필요할 거요." 옆에 있던 다른 친구가 끼어들었다. "길을 잃지 않으려면 말이오."

"아는 가게에서 하나 구해보지요." 모리스 씨가 고개를 끄덕이며 말했다.

다른 친구는 미소를 지으며 뱃머리를 돌렸다.

"우린 서로 간섭하지 않고 지내는 편이오." 그가 말했다. "그래도 혹시 좀 적적하걸랑 나한테 그냥 손만 흔들면 되오."

모리스 씨는 감사의 뜻을 전했다. 늙은 친구는 조용히 노를 저으며 거대한 우윳빛 호수 속으로 사라졌다.

'샌드위치라도 챙겨 올 것을.' 모리스 씨는 생각했다.

그 후 모리스 씨는 남은 인생을 그 호수에서 꾸준히 노를 저으며 보냈다. 노를 저으며 지나온 인생을 되짚어보기도 했다. 노 젓기 덕분에 건강을 유지할 수 있다고 생각하는 것도 좋았다. 그는 노를 젓는 동안 어머니와 아버지를 생각했으며, 윈더미어 호수에서 배를 탔던 시절을 추억했다. 그리고 가끔은 오래전 전쟁터에서 죽은 옛 친구 프랭크를 떠올리기도 했다.

태양은 쉼 없이 지붕 위로 떠오르고,

부드러운 산들바람이 채광창을 통해 다락으로 들어왔다.

나비들은 동요하기 시작했다. 몇 마리가 무리 사이를 펄럭였다.

다른 나비도 점차 그들에게로 다가가서 날갯짓을 했다.

다락 천장은 곧 나비들로,

온갖 색깔과 온갖 모양으로 가득 찼다.

한두 마리가 춤을 추며 창을 빠져나갔고,

나머지도 그들을 따랐다.

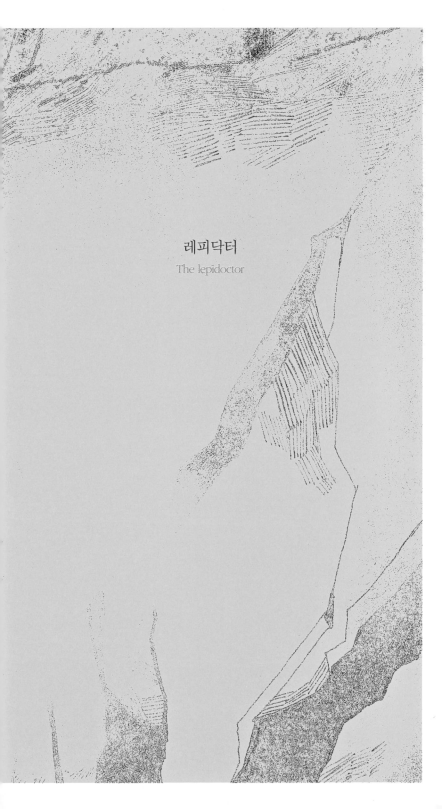

레피닥터

The lepidoctor

우연이란 세상이 때때로 당신의 관심을 끌려 하는 한 방법일 뿐이다. 이따금 한번씩 당신을 일으켜세워 주의를 환기시키는 것이다. 어떤 우연은 너무도 하찮아서 눈썹 하나 까딱할 가치도 없지만, 또 어떤 우연은 어찌나 대단한지 그대로 이루어지기만 하면 인생을 송두리째 뒤바꿀 수도 있다.

이 특별한 이야기에서 일어나는 우연은 상당히 의미가 깊다. 특히 이야기에 얽힌 소년과 나비들에게는 더욱 그렇다. 우연은 백스터 캠벨이 토요일 아침 휴튼 박물관을 방문하면서부터 시작되었다. 휴튼 박물관은 박제곰과 새, 그리고 파라과이산 코피리 등으로 가득한 곳인데, 가끔은 세계 구석구석에서 가져온 뼈나 돌 조각이 전시되기도 했다.

백스터로 말할 것 같으면, 어린 친구로서는 보기 드물게 교양이 있는 소년이었다. 그의 방에는 낡은 발풍금이 하나 있는데, 백스터는 그 풍금으로 잔잔한 자장가를 직접 작곡하기도 했다. 그의 침대 옆 탁자에는 알프레드 테니슨 경의 가죽 장정 시 전집이 놓여 있었다. 또 벽에는 피터 브뢰겔과 히로니뮈스 보쉬의 그림이 핀으로 꽂혀 있었다. 무엇보다 그는 벼룩시장이나 중고가게에서 물건 고르는 것을 매우 좋아했다. 자신의 아버지와 마찬가지로 백스터는 낡은 물건이나 중고품에 각별한 매혹을 느꼈다. 오래된 물건에는 그에 걸맞은 역사가 있으며, 고유한 특색이 있으니까 말이다.

백스터는 아기 때부터 아버지와 함께 골동품 상점이나 벼룩시장을 섭렵하고 다녔다. 그들의 바쁜 일정에는 경매장도 포함되어 있었다. 그리하여 백스터는 걷고 말하기 훨씬 전부터 주형과 좀약 냄새를 알고 있었으며, 보통 사람이라면 그저 내다버리고 말 낡은 책과 시계, 그릇을 놓고 다 큰 어른들끼리 실랑이를 벌이는 풍경에 익숙해져 있었다.

이제 백스터는 예전에 아버지가 가르쳐주었던 중고 상점과 벼룩시장을 혼자서도 다닐 수 있을 만큼 자랐다. 금요일 밤이면 그는 아버지와 난로 옆에 앉아서, 지역신문 뒷면에 난 자잘한 광고를 뒤적이며 마음에 드는 항목에 동그라미를 치곤했다. 그에게는 그만큼 즐거운 일이 없었다. 이를테면 "주철 침대 프레임, 약간 구부러짐, 매우 무거움" 또는 "화학 실험도구세트, 시험관과 피펫, 기타 등등. 원하는 가격제시"라고 적힌 광고였다.

캠벨 여사가 있었다면 집 안에 널려 있는 종이상자와 계단을 가로막은 책 더미를 그냥 두고만 보지는 않았을 것이다. 그러나 백스터의 어머니는 그가 세상에 나오는 바로 그 순간 세상을 떠나고 말았다. 백스터의 아버지는 아이를 혼자 키웠다. 그리하여 그는 멈춰버린 온갖 시계와 이차 대전 기념품, 기차 관련 장비를 쟁여놓기 위해 자기가 지하실을 쓰고, 늘어가는 낡은 기계와 라디오를 보관하기 위해 아들이 다락방을 쓰도록 일찌감치 합의를 한 터였다.

백스터는 토요일 아침에는 지역 박물관 이곳저곳을 들러, 고대 로마의 속옷이나 신석기인의 정강이뼈를 관찰했다. 점심은 터키 카페에서 즐겼고, 오후에는 전날 신문에서 눈여겨봐두었던 잡동사니를 찾으러 다니느라 바빴다. 특별했던 그 토요일, 백스터는 오래된 수갑을 전시해놓은 휴튼 박물관의 유리 진열장 앞에 서 있었다. 브리스틀에서 온 수갑이었는데, 무게가 족히 1톤은 나갈 만큼 육중해 보였다. 백스터는 도대체 어떤 죄를 지어야 저런 수갑을 차게 되는지 궁금했다. 그 수갑을 찬 채로 목숨이 경각에 달려 떨고 있던 가련한 사람은 아마 옆 진열장에 전시된 '아홉 꼬리 고양이cat-o'-nine-tail' 채찍으로 얻어맞았을지도 모른다.

백스터는 계속해서 걸음을 옮겼다. 이빨을 드러낸 채 뒷발을 올리고 있는 북극곰을 지나치며 보았고, 발리 사람들이 신는 슬리퍼와 모로코 보드게임이 진열되어 있는 전시장을 지나, "나비: 밀튼 스퍼퍼드의 신작"이라고 소개된 포스터 앞에서야 비로소 발길을 멈췄다. 포스터에 찍힌 검은색의 커다란 화살표는 옆방을 가리키고 있었다. 이미 밝힌대로 백스터 캠벨은 교양을 갖춘 소년이었기 때문에 예술이나 문화, 어느 방면으로도 쉬 주눅 드는 일이 없었다. 게다가 다음 볼일(감리교회에서 오후 한 시에 중고품 세일 행사가 있었다)까지는 시간이 있었기 때문에, 화살표가 안내하는 길을 따라가 보기로 했다. 그는 천장을 아치형으로 꾸민 통로를 지나 커다란 흰색 방으로 들어섰다.

그가 맨 처음 마주친 것은 믿기 어려울 만큼 놀라운 색채였다. 그는 그 색과 전시물의 크기에 경악했다. 생생한 파란색, 에메랄드빛 초록색, 반짝이는 터키옥색이 벽면을 가득 메울 만큼 거대한 한 마리 나비의 양 날개 위에서 빛나고 있었다.

백스터는 분명히 감명을 받았다. 그것은 부인할 수 없는 사실이다. 어찌 된 셈인지는 몰라도, 나비는 아름다우면서도 기괴한 분위기를 동시에 자아냈다. 하지만 몇 걸음 더 다가갔을 때, 백스터는 그 거대한 나비가 수백 마리의 진짜 나비들을 모자이크처럼 신중하게 배치하여 만든 것임을 알게 되었다.

"어이!" 누군가 소리쳤다.

백스터는 내달리고 있었다. 자기가 달려들고 있는 줄도 깨닫지 못한 채, 나비 쪽으로 곧장 다가가 엄지손가락을 갖다대려 했던 것이다. 3미터쯤 뒤에 서 있던 덩치 큰 경비원이 뒤에서 백스터를 끌어내려 내동댕이칠 태세였다.

"만지면 안 된다." 그가 말했다.

백스터는 할 수 없이 손을 내리고 한 걸음 물러서서 나비를 하나하나 살피기 시작했다. 나비의 작은 몸을 감싸고 있는 미세한 털이 보였고, 날개를 잇는 실낱같은 시맥(翅脈)도 보였다. 어떤 나비는 신기하게도 날개에 파란색, 하얀색의 분필가루 같은 것이 묻어 있었는데, 꼭 분을 발라놓은 것 같은 질감을 풍겼다. 또 다른 나비는 어찌나 검고 촉촉하게 윤이 나는지, 마치 방금 전까지도 잉크병에 빠져 있었던 것처럼 보였다.

나비들은 너무나 생생하고 자연스러웠기 때문에 살아있지 않다는 사실을 감히 믿을 수 없을 지경이었다. 어쩌면 그런 구조물에 하루 종일 매달려 있도록 특수훈련을 받았는지도 모른다. 그럴듯한 이론이긴 했지만, 눈앞에 있는 나비의 몸 한가운데 박힌 핀의 대가리를 보니 정신이 돌아올 수밖에 없었다. 백스터는 곧 다른 나비들도 모두 그런 식으로 벽에 붙어 있음을 알아차렸다.

백스터는 속이 몹시 불편해지기 시작했다. 그는 박물관을 나가야겠다고 생각했다. 가는 길에 이 기묘한 예술작품을 만든 밀튼 스퍼퍼드의 대형사진이 있었다. 그는 헐렁한 반바지 차림으로 한 손에는 포충망을, 다른 손에는 커다란 유리병을 들고 어느 산허리엔가 서 있었다. 사진 아래에는 다음과 같이 씌어져 있었다.

"나비는 잡히면 '죽음의 병'으로 들어가게 된다. 병에는 월계수 잎가루가 들어 있어서, 그 냄새로 사로잡힌 피조물을 영원히 잠들게 한다."

백스터는 길을 잃은 듯 갑자기 정신이 아득했다. 살아오면서 죽은 동물이라면 조잡해빠진 큰 박쥐 박제, 지나치게 뚱뚱하게 박제된 해마, 피부가 종잇장처럼 얇은 무소의 박제 등 나름대로 수없이 보아온 백스터였다. 하지만 그건 적어도 수백 년 전에 죽은 동물들의 박제였다. 백스터로서는 요즘 같은 시절에 나비를 잡아서 죽인다는 것이 그저 전적으로 어리석은 일처럼 느껴졌다. 스퍼퍼드는 이미 죽은 나비를 필요한 만큼 찾을 수 없으니, 산 놈을 잡아다가 배에 핀을 꽂는 수밖에 없다고 생각한 것일까?

박물관을 나서면서 백스터는 그렇게 아름다운 나비들이 죽어버렸다는 사실을 잊기 위해 안간힘을 썼다. 하지만 별로 성과가 없었다. 오후 내내 고물상을 샅샅이 수색하는 동안에도 그 기괴한 나비 형상은 뇌리를 떠나지 않았다. 그 후로도 주말이 끝날 때까지, 나비는 백스터를 따라다니며 괴롭혔다.

2주 후, 백스터는 한 달에 한 번 가는 몬티의 엘드리지 중고가게를 찾았다. 몬티는 자기 가게가 낡은 물건을 파는 잡화상이 아니라 골동품 가게라고 우겼다. 하기는 물건 가격부터에 몬티의 그런 생각이 반영되어 있었다. 하지만 몬티네 가게에는 다른 어떤 상점보다 흥미로운 물건이 많았다.

백스터로서는 발견한다고 다 살 수 있는 것은 아니었지만 말이다.

백스터는 어둑한 실내 안쪽으로 들어가서, 화려한 램프 스탠드와 오지그릇이 쌓여 있는 테이블 사이로 몸을 쑤셔 넣었다. 몬티는 카운터에서 신문을 읽고 있었고, 백스터는 작은 약상자만 한 오래된 마호가니 상자를 찾아냈다. 그는 백과사전 아래 눌려 있던 마호가니 상자를 끄집어냈다. 의외로 대단히 무거웠던 마호가니 상자는 그 무게 때문에 무언가 특이하고 유서 깊은 것이 담겨 있으리라는 기대감을 주었다. 백스터는 금방이라도 무너져 내릴 듯한 탁자에 상자를 올려놓고, 자그마한 걸쇠를 들어 올린 다음에 조심스럽게 뚜껑을 열어보았다.

플러시 천으로 장식된 상자 안에서는 흰곰팡이 냄새가 풍겨 나왔다. 안에 든 물건 중에 백스터의 눈에 가장 먼저 띈 것은 어렴풋이 빛나는 은기구들이었다. 아주 작은 칼, 바늘, 펜치가 특수 제작한 용기에 담겨 벨벳 받침대 위에 놓여 있었다. 상자의 뚜껑 안쪽에는 코르크 마개로 막은 유리병 두 개가 접안경처럼 생긴 물건과 손때가 잔뜩 묻은 설명서와 함께 붙어 있었다. 상자는 치과의사나 시계제조업자에게나 필요할 법한 도구세트처럼 보였다.

"이게 뭐예요?" 백스터가 몬티를 불렀다.

몬티는 고개를 들어보더니 신문을 내려놓고 백스터가 발견한 것을 살펴보기 위해서 어기적어기적 걸어왔다.

"아, 이번엔 그거냐?" 몬티가 일이 재미있게 됐다는 듯 말했다. "레피닥터lepidoctor의 수술도구지." 그는 유난히 날이 선 칼을 집어들고서 찬찬히 바라보았다.

"후기 빅토리아 시대 거야. 매우 희귀한 물건이지. 이렇게 귀하고 질 좋은 세트는 거의 삼십 년 동안 만져보지 못했어."

백스터는 족집게를 집어들었다. 매끈하고 정교하게 만들어져 있었지만, 미세하게 녹이 슬어 있었다. "레피 뭐라고요?" 그가 물었다.

"레피닥터." 몬티가 대답했다. "요즘 세상에는 사라진 예술이지. 옛날에도 아마 비밀결사회 같은 데서나 하던 일이었을 거야." 백스터는 족집게를 제자리에 놓고 다른 도구로 손을 뻗쳤다.

"네……." 그가 말했다. "그런데 뭐에 쓰는 물건인데요?"

몬티는 고개를 절레절레 흔들었다. 오늘날의 교육 현실에 깊이 절망하기라도 한 듯했다. "레피닥터는 나비를 복원하는 전문가를 말한단다." 그가 설명했다. 백스터는 그 특별한 순간에 자신이 얼마나 중요한 발견을 했는지 미처 깨달지 못했다. 2주 전에 보았던 그 별난 전시물도 기억해내지 못했다. 그때 그의 머릿속에는 오직 지금까지 갖고 싶었던 어떤 물건보다도 그 상자를 소유하고 싶다는 생각뿐이었다. 백스터는 예사롭지 않은 모습으로 기이하게 도열해 있는 도구들이 던지는 치명적인 유혹에 푹 빠져버렸다. 쓰임이 뭔지는 미처 생각하지도 않았다. 쓰임을 알기 아주 오래전부터 그는 그 상자가 갖고 싶었다. 하지만 오랫동안 경험해온 바로, 백스터는 아무리 강렬하더라도 갖고 싶다는 열망을 표현하는 것만으로는 물건이 거저 손에 들어오지 않는다는 사실을 알고 있었다. 중고품 상인들과 그럴 만큼은 오래 알고 지내온 터였다. 그리하여 백스터는 그 은색 기구를 짐짓 말없이 들었다 놨다만 반복하고 있었다. 그는 가죽 끈에 묶인 확대경을 끄르더니, 입으로 먼지를 훅 불어냈다. 보석상들이 다이아몬드를 감정할 때 쓰는 것처럼 생긴 확대경이었다. 그는 확대경을 눈에 끼웠다. 꼭 맞았다.

"그러니까, 얼마나 받으실래요?" 그가 입을 열었다. 여전히 접안경을 낀 채 다른 가구를 살피면서.

"흠, 그거야 경우에 따라 다르지," 몬티는 음흉하게 대꾸했다. "낼 마음이 얼마나 있는지에 달렸다는 거야."

늙은 몬티가 레퍼닥터 장비를 얼마에 넘기고 싶은지 말

하기까지는 한참이 걸렸다. 그 가격이 백스터가 원하는 가격과 차이가 나리라는 점은 확실했다. 하지만 바로 그때 몬티는 한두 해 전에 자신이 백스터에게 넘겼던 축음기를 생각해냈다(몬티는 축음기 얘기를 꺼내면서 값을 후하게 쳐주겠다는 손님이 나타난 사실은 쏙 빼먹고 말하지 않았다). 다시 5분간 힘겨운 흥정이 계속된 끝에 마침내 거래가 성사되었다. 백스터는 상자를 넘겨받는 대가로 그 오래된 축음기를 몬티에게 건네주고, 거기다가 몬티의 자전거 기어와 브레이크까지 고쳐주기로 했다.

며칠 뒤, 백스터는 마호가니 상자를 드디어 손에 넣었다. 백스터는 그 길로 방으로 후다닥 뛰어올라가 문을 잠갔다. 백스터로서는 좀처럼 하지 않는 짓이었다. 새롭거나 특이한 물건을 손에 넣게 되면 항상 아버지에게 가장 먼저 보여주었기 때문이다. 백스터는 상자를 침대 위에 올려놓은 다음 그 옆에 무릎을 대고 앉았다. 그러고는 상자를 열어 도구들을 차례차례 꺼냈다. 백스터는 먼지가 낀 접안경으로 모든 도구를 꼼꼼히 살펴보았다. 부서지거나 상한 곳은 없었다. 펜치의 용수철만 바꾸면 될 것 같았다. 유리병 두 개는 비어 있었다. 뭔가 들어 있었던 것 같긴 한데, 너무 오래되어 유약처럼 굳어져 있다. 백스터는 설명서를 꺼내 재빨리 훑어보았다. 제본이 너덜너덜해졌고 종이도 닳아 더럽혀진 것으로 보아, 물건을 소유했던 주인의 손을 수천 번은 더 탄 것 같았다.

백스터는 설명서의 첫 장을 펴서 읽기 시작했다. 세 번째 단락에 다음과 같은 내용이 실려 있었다.

모든 나방이나 나비를 되살리는 데 심폐소생술을 써야만 하는 것은 아니다. 몇 주, 혹은 몇 달을 누워 있었던 간에, 내장이 제자리에 붙어 있거나 조금만 손을 써도 쉽게 제자리를 잡아줄 수 있는 상태라면, 그리고 날개와 더듬이 등등이 너무 심하게 부패되어 있지만 않다면 아무 상관없다.

백스터의 심장박동이 빨라졌다. 마치 심장이 그의 귀에 대고 펌프질을 하는 것 같았다. 앞으로 자신이 할 일에 대해 일말의 의구심이 꼬리를 들지 않는 것은 아니었지만, 의심은 그러다가 어느새 자취를 감췄다. 인생에서 절대적으로 확신할 수 있는 일이란 누구에게도 거의 일어나지 않는다. 움직일 수 없는 견고한 진실이 당신 앞에 버티고 서는 일은 거의 없다. 그러나 어둠이 서서히 제 주위를 감싸오는 방 안에 우두커니 앉아 있는 동안, 백스터는 깨달았다. 지금이 바로 그때이며, 이제야말로 행동에 나설 때라는 것을.

이튿날부터 사나흘 동안, 그는 닳아빠진 설명서를 첫 페이지서부터 끝까지 연구했다. 그리고 처음으로 돌아가 다시 한 번 읽었다. 케케묵은 단어들도 더러 있어서, 6개월 전에 자선품 판매행사에서 구해온 어마어마하게 두꺼운 고어사전을 꽤나 분주하게 뒤적거려야 했다. 그나마 다행스러운 것은, 기구 설명서에 따로 용어집이 실려 있는 덕분에 나비 복원에 관한 기술용어가 풀이돼 있다는 점이었다. 일단 용어 뜻을 대충 익히고 난 후 설명서를 또다시 서너 번쯤 읽었을 때, 백스터는 찜찜한 구석이 없지는 않았지만 그 설명서 내용에 나름대로 일리가 있음을 깨달았다.

책에서 설명하는 절차는 여섯 가지로 꽤 복잡했다. 하지만 그대로 따르기만 하면 부서진 나비의 몸통을 거의 다 고칠 수 있을 거라고 호언장담하고 있었다. 백스터로 말하자면 기계를 다루는 데는 꽤 소질이 있는 소년이었다. 그가 새 삶을 찾아준 자전거만도 수십 대에 이르며, 집집마다 갈아준 밸브의 수 또한 엄청났다. 또 느슨해진 라디오 접합부를 때워준 적도 제법 되었다. 그러나 그토록 섬세하고 민감한 피조물의 날개, 그 피조물의 내부를 주무르는 것은 라디오 다이얼의 용수철을 바꾸는 것과는 차원이 다른 일이라는 느낌을 떨쳐버릴 수 없었다.

그는 설명서를 따라 쇠 수세미와 메틸알코올로 도구들을 닦아내고, 머릿속으로 한 마리 나비를 상상해 난해한 수술을 집도해보았다. 그렇게, 해볼 수 있겠다는 자신감이 간신히 들 때까지 가상의 실험을 거듭했다. 문제는, 설명서에 따르면 적어도 작업 과정 중 절반 이상에 "봉합고무를 사용할 것"이라는 지침이 있고, 또 모든 과정이 "소생을 위한 체액을 투여할 것"이라는 결론으로 끝나고 있다는 점이었다. 봉합고무를 사용하는 것은 종이에 풀을 바르는 것과 매우 비슷한 과정인 듯했다. 소생을 위한 체액을 투여하라는 것은 유리병 중 하나의 코르크 마개를 따고 나비에 바투 가져다 대서 나비가 다시 살아나는 것을 지켜보라는 것 같았다. 하지만 한때 "봉합고무"와 "소생의 체액"이 담겨 있었을 유리병은 둘 다 비어 있었다. 어떤 나비가 됐든 소생을 시키려면, 먼저 그 고무와 체액을 손에 넣는 게 필수였다. 이 문제가 해결되기 전까지는, 박물관 나비를 그의 방으로 빼오겠다고 궁리하는 것조차 아무 의미가 없었다.

'레피닥터'는 지역 전화번호부에도 전혀 나와 있지 않았고, 그가 갖고 있던 고어사전에는 비슷한 단어조차 없었다. 백스터는 그 말이 하도 오래된 단어라서 사라진 것이거나,

그게 아니라면 너무나 은밀하게 통용되고 있어 제아무리 대담한 책이라도 그 말을 감히 입 밖에 낼 엄두조차 내지 못하는 것이라고 결론 내렸다.

제대로 된 고무와 체액을 찾겠다는 희망을 거의 접으려던 무렵, 백스터는 때마침 뭔가를 새롭게 발견하게 되었다. 뚜껑 안쪽에 두 유리병을 고정시켜 놓은 가죽 끈을 잡아당기는데, 거기에 붙어 있던 명주 천이 떨어진 것이다. 명주 장식천이 떨어지면서 드러난 나무 바탕에는 이런 표식이 붙어 있었다. "레피닥터 물품. 킨스 앤드 도널즈, 런던 하틀리 로드 119번지."

백스터는 낡은 런던 지도가 어딘가에 있다는 것쯤은 알고 있었지만, 찾는 데는 늘 그렇듯 시간이 한참 걸렸다. 마침내 다락에 널려 있던 1950년대 레슬링 잡지 더미에서 지도를 찾아냈다. 백스터는 방바닥에 앉아 지도를 펼쳤다. 그리고 곧 하틀리 로드가 웨스트본 그로브와 포토벨로 로드 사이 어딘가에 있음을 알아냈다.

돌아오는 토요일, 백스터는 늘 하던 박물관과 고물상점 순례 대신, 런던 패딩턴 역으로 향하는 기차를 탔다. 그는 바람에 나부끼는 낡은 지도를 손에 들고 얽히고설킨 런던 거리를 걸으면서, 자신이 찾아가는 곳이 영국에 마지막으로 남아 있는 레피닥터들에게 재료를 공급해주는 최후의 보루이기를 바랐다.

하틀리 로드는 더할 나위 없이 평범한 곳이었다. 한쪽에는 테라스가 있는 집들이 늘어서 있었고, 반대쪽에는 공동주택이 두 블록 정도 이어져 있었다. 사내아이가 보기에 거리는 초입부터 나비치료제를 손에 넣을 수 있는 장소라는 느낌은 거의 풍기지 않았다. 백스터는 번지수를 계속 확인하며 길을 걸었고, 오래지 않아 상점 네댓 군데가 줄지어 서 있는 것을 발견했다. 마침내 그곳에 당도했을 때, 백스터의 설렘은 바람 빠진 풍선처럼 가라앉고 말았다.

거기에는 선술집과 신문 판매업소, 빨래방과 약종상밖에 없었다. 어느 나라, 어느 동네를 가도 볼 수 있는 그런 상점가였다. 백스터가 기대했던 어두침침한 출입구는 어디에도 없었다. 은밀한 대화를 주고받으며 문을 열어줄 인터폰도 없었다. 어떤 비밀스럽고 음흉한 분위기라고는 찾아보려야 찾아볼 수 없는 곳이었다.

그가 찾던 119번지는 약종상이었다. 번지 숫자는 유리 출입구 위에 금박으로 입혀져 있었다. 상점 진열창은 머리카락 염색약으로 가득했다. 상자마다 짙은 갈색 혹은 칠흑 같은 머리색을 한 중년 남자가 세상을 향해 환한 미소를 짓고 있었다. 백스터로서는 꽤 눈이 휘둥그레질 만한 장면이었다. 그는 여자들이 머리칼을 염색한다는 건 알았지만, 남자도 염색한다는 사실은 금시초문이었다. 하지만 새롭게 알게 된 사실이긴 해도 그렇게 대단한 뉴스는 아니었다. 백스터는 마호가니 상자를 발견하던 날의 그 흥분, 뜻밖의 사실을 알게 되었을 때의 그 알 수 없는 쾌감을 오늘 다시 맛볼 수 있을지도 모른다는 은근한 기대감을 버릴 수 없었다.

어쨌거나 그는 무 하나 자르는 데서 끝난다고 해도, 뭔가를 얻기 전까지는 뽑아든 칼을 집어넣을 생각이 없었기에 약종상 문을 밀고 들어갔다. 문에 달린 작은 종이 울렸고, 백스터가 카운터에 다다를 즈음, 오륙십대쯤 되어 보이는 인도 남자가 커튼 뒤에서 나와 그를 맞았다. 친절한 인상의 사내였다. 퍽 마른 몸매였고, 곱슬머리가 백발로 세어 있었다. 진열창에 염색약이 저렇게 많은데 정작 제 머리는 물들일 마음이 없었던 걸까, 하고 백스터는 잠시 생각했다. 백스터가 생각해낼 수 있었던 유일한 이유는 그가 백발을 있는 그대로 좋아하는 게 아닐까 하는 것뿐이었다.

"어떻게 도와드릴까요?" 약제사가 백스터에게 물었다.

백스터의 정신은 딴 곳에 가 있었다. 그는 계속 백발에 대해 생각하고 있었고, 왜 어떤 사람들은 염색을 하고 싶어

하고, 어떤 사람들은 그렇지 않은 걸까 생각하고 있었다. 그는 주인의 뒤편에 달려 있는 선반을 흘긋 바라보았다. '나비고무'나 '소생의 체액'이라고 씌어 있는 물건을 혹 찾을 수 있지 않을까 하는 듯한 눈빛이었다. 그러나 거기에는 치약과 아스피린, 감기약 말고는 아무것도 없었다. 여느 약종상이나 다를 바 없이 말이다.

그는 자기도 모르게 제 앞에 있는 카운터 위에 두 손을 올려놓았다. 혹시 기절이라도 해서 뒤로 나자빠지지 않기 위해서였을 것이다. 그가 앞으로 몸을 숙였고, 덕분에 약제사도 덩달아 엇비슷한 몸짓을 해보였다.

"비품이 좀 필요한데요." 백스터가 속삭였다.

약제사는 꿈쩍도 하지 않았다. "정확히 어떤 비품을 말하는 건지?" 그도 마찬가지로 속삭였다.

백스터는 몸을 한층 더 숙여서, 약제사의 귀에 입을 갖다 댔다. 그러자니, 그의 백발에 거의 입을 파묻다시피 하게 되었다.

"레피닥터 비품이요." 백스터가 말했다.

약제사는 몸을 꼿꼿이 세우더니, 백스터를 뚫어져라 바라보았다. 정신이 제대로 된 아이가 맞느냐는 눈빛이었다. 백스터는 약제사가 자신의 말을 이해한 낌새가 있는지 살피기 위해 표정을 탐색했다. 하지만 전혀 알 수 없었다. 오히려 사내는 경찰이라도 불러야 하는 게 아닌지 고민하는 표정이었다. 백스터도 이제는 포기해야겠다고 생각했다. 그러나 다시 생각해보니, 이렇게 멀리까지 와서 이미 우스운 꼴이 된 마당에 잃을 게 뭐가 있겠냐 싶었다. 더 이상 지킬 체면도 없었다. 그는 재킷 속주머니에 손을 넣어 레피닥터 도구함에 있던 빈 유리병 두 개를 꺼냈다. 백스터는 병들을 들어올려 보였다. 누가 뭐래도 틀림없는 그 상자 속 병이었다. 약제사는 유리병 하나를 뚫어져라 응시하다가, 다른 병으로 눈을 돌렸다. 그는 백스터 어깨 뒤로 문쪽을 잠시 쳐다보더니, 커튼을 열고 고갯짓을 했다.

"이쪽으로." 그가 말했다.

방은 식료품 저장실보다 약간 더 커 보였고, 사방 벽의 선반은 알약통과 회반죽 상자로 가득했다. 약제사는 한마디 말도 없이 낡은 나무 식기장 앞에 섰다. 그는 재킷 주머니에서 작은 열쇠 하나를 꺼내더니 자물쇠를 끌렀다. 문이 열리자 잃어버린 세계의 화장수며 물약이며 그 옛날의 치료제가 전모를 드러냈다. 식기장에 있는 병들 가운데 절반쯤에는 나무껍질 조각이나 말린 허브가 담겨 있는 듯했다. 나머지 병들은 이국적인 빛깔을 띤 갖가지 기름을 담고 있었다.

약제사는 백스터의 작은 유리병들을 건네받아서 찬찬히 살펴보더니 나무 작업대 위에 내려놓았다.

"얼마나 필요하지?" 약제사가 물었다.

백스터는 대충이라도 얼마나 필요할지 전혀 감이 잡히지 않았다.

"그럼 다시 물어보겠네." 고맙게도 약제사가 재우쳐 물었다. "몇 마리의 나비를 고치려고 하는 거지?"

그렇게 노골적으로 물어보다니, 백스터는 약간 당황스러웠다. 그는 박물관 벽에 붙어 있던 거대한 나비 모자이크에 대해 설명하려고 애썼다. 그가 어깨를 으쓱였다. "천 마리쯤 될 거예요."

약제사는 눈썹을 추켜올리더니 낮은 휘파람 소리를 냈다. 백스터의 계획에 제법 깊은 인상을 받은 모양이었다. 그는 식기장에서 시럽 같은 물질이 든 커다란 병을 꺼내 작업대 위에 놓았다. 그러고는 병의 뚜껑을 열고 국자로 내용물을 퍼서, 좀더 작은 병, 잼병만 한 크기의 병에 옮겨 담기 시작했다.

"이런 거 물어봐도 괜찮을지 모르겠다만," 약제사가 국자를 놀리며 말했다. "수술도구는 어디서 찾아낸 거니?"

"고물상에서요." 백스터는 대답하면서 고물상이라는 표

현에 몬티가 얼마나 몸서리를 칠지 상상했다.

"대단한 걸 발견했구나." 약제사가 병뚜껑을 단단히 돌려 닫으며 말했다. "네가 지금 무슨 일을 벌이고 있는지는 알고 있니?"

이유는 알 수 없지만, 그 질문은 그동안 백스터가 쳐놓은 방어벽을 단숨에 허물어버렸다. 그리고 이제껏 최선을 다해 묻어두려 했던 감정, 나비를 고치는 일에 대한 알 수 없는 두려움이 불현듯 꿈틀거리면서 속에서 고개를 쳐들기 시작했다.

"전부 다는 아니죠, 아니에요." 그가 말했다, 가까스로.

"잘될 거야." 약제사가 말했다. "설명서대로 잘 따라하면 돼. 풀은 너무 많이 바르지 말고."

그는 다시 낡은 식기장으로 몸을 돌려 커다란 갈색 병을 끄집어냈는데, 첫 번째 병을 꺼낼 때보다 훨씬 더 조심스러워하는 모습이었다. 고개를 돌려 병을 틀어막고 있는 커다란 코르크 마개를 따려던 그는, 갑자기 움직이던 손을 멈추었다.

"자, 이 소생의 체액은," 약간 짓궂은 표정으로 그는 말했다. "솔직히 말해 아주 싸다고 할 수는 없겠구나."

백스터는 잘 몰랐다고 인정하는 수밖에 없었다. "얼마나 들까요?" 그가 물었다.

"뭐, 너도 생각지 못한 액수는 아니겠다만……." 약제사는 대답하면서 속으로 재빨리 셈하는 시늉을 했다. "150파운드 쯤은 줘야겠지?"

백스터는 턱이 빠지는 줄 알았다. 어떤 수를 쓴다 해도 세상에 그만한 돈을 마련할 길은 없었다. 이제야 겨우 자신 감을 얻어가던 그였다. 이제 할 수 있는 일이라고는 다시 무작정 부딪쳐보는 것뿐이었다.

백발의 약제사는 백스터의 꿍꿍이를 훤히 들여다볼 수 있었다.

"살 돈이 정 없으면," 그가 말했다. "방법이 하나 있기는 하지."

백스터는 그게 뭔지 물었다.

"박하." 약제사가 말했다.

백스터는 무슨 얘긴지 도통 알아들을 수가 없었다.

"그냥 진해정 한 알을 입에 물고 2분 동안 빨다가," 약제사가 설명을 이어갔다. "숨을 내뿜는 거야."

그는 입술을 오므리더니, 손바닥에 나비를 올려놓기라도 한 양 부드럽게 숨을 내뱉었다.

"그러면 진짜로 돼요?" 백스터가 말했다.

약제사가 고개를 끄덕였다. "그러면 돼."

노인은 커튼 밖으로 고개를 내밀어, 보는 사람이 없는지 확인하고 나서 가게로 백스터를 나오게 했다. 그는 선반에서 진해정 한 움큼과 잼병을 갈색 종이봉투에 집어넣고 나서 셈을 하기 시작했다.

다 합치니 5파운드가 좀 덜 나왔다. 카운터 뒤에 선 노인은 어느새, 어디서나 볼 수 있는 평범한 약제사로 돌아와 있었다. 백스터는 값을 치르고 봉투를 집어든 후, 약제사에게 감사의 말을 전하고 문으로 향했다. 문을 열고 가게를 나설 무렵, 그는 걸음을 멈추고 몸을 돌렸다.

"저, 질문 하나 해도 돼요?"

약제사는 고개를 끄덕이며 말했다. "해보거라."

백스터는 물어보고 싶은 것은 있는데 그걸 어떻게 표현해야 할지 몰라 쩔쩔매고 있었다. "안 해봤다면……. 그러니까 그걸 한 번도 해본 적이 없는데……," 그가 말했다. "제대로 하고 있는지 아닌지 어떻게 알죠?"

약제사는 대답을 찾느라 잠시 생각에 잠겼다. "다른 모든 일과 마찬가지야," 그가 말문을 열었다. "하다 보면 다 알게 되는 거란다."

백스터는 계획을 세운 지 일주일도 안 되어 침입 작전을 감행했다. 그는 박물관을 두 번 방문해서 구석구석 세심하게 검토한 후 방으로 돌아와 건물 배치도를 스케치했으며, 어떤 경로를 뚫을 것인지 궁리했다. 그리고 정확하게 박물관의 어디로, 언제 들어가는 것이 좋을지 목록을 작성해보았다.

　가장 걱정이 되는 점은 나비의 운반이었다. 백스터로서는 한 번도 해본 적이 없는 일이었고, 박물관에서 집으로 오는 동안 나비들이 너무 많이 손상된다면 그들에게 새 생명을 줄 희망도 그만큼 줄어들기 때문이었다.

　처음에 생각했던 것은 낡은 더플 백을 들고 가는 것이었다. 그러다가 침대 시트에 나비를 전부 담아서 가져오는 쪽으로 마음이 기우는가 싶더니, 결국 지난여름 고물상에서 샀던 배낭을 가져가기로 생각을 굳혔다. 그 가방은 나비들을 모두 담고도 남을 만큼 컸고, 거리로 나갔을 때 이목을 끌지 않게 해줄 것이었기 때문이다. 그 다음에 아주 작은 노란 봉투를 가져가면 좋겠다는 생각이 들었다. 점포정리에 들어간 문구점에서 지난 일월에 박스째로 사면서 언젠가 쓸 데가 있겠지 생각했던 봉투였다.

　금요일, 백스터는 학교가 파하자마자 한걸음에 집으로

내달렸다. 그리고 간밤에 챙겨두었던 배낭을 들고 나왔다. 그는 폐품도 처분할 겸 산책을 하고 두 시간 내로 돌아오겠다는 쪽지를 아버지에게 남겼다.

박물관이 문을 닫기 30분 전이었다. 백스터는 다른 관람객들 사이에 자연스럽게 섞여들기 위해 5분간 아무것도 하지 않고 주변을 어슬렁거리기만 했다. 잠시 후, 남자화장실에 가서 모든 칸이 비어 있음을 일일이 확인한 백스터는 전에 왔을 때 보아둔 청소도구 보관 벽장으로 살금살금 들어갔다.

벽장은 수년 동안 방치되어온 것처럼 보였다. 백스터는 그런 벽장이 그러잖아도 전부터 측은하던 참이었고, 지금 배낭을 움켜쥐고 바닥을 기어가는 자신 덕분에 다시 활용되고 있다는 사실에 뿌듯해했다. 다섯 시가 되자 누군가 남자화장실 안을 기웃대며 "누구 있습니까?"라고 외치더니 불을 끄고 사라졌다. 하지만 용수철이 달려 저절로 서서히 닫히는 문을 굳이 애써서 닫고 가지는 않았다. 백스터는 그러고도 20분간을 옴짝달싹하지 않고 있었다. 그냥 어둠 속에 우두커니 앉아 자신의 계획을 마지막으로 점검했다. 그는 힘을 비축하기 위해 초콜릿바 하나를 먹었다. 그러고는 겨울잠에서 막 깨어난 동물처럼 벽장을 기어나왔다. 백스터는 이미 계획했던 대로 세면대 옆에 서서 또다시 20분간을 끈기 있게 기다렸다.

그는 배낭을 들고 전시실 쪽으로 고개를 내밀고는 귀를 기울였다. 쥐새끼 지나가는 소리 하나 들리지 않았다. 그는 발꿈치를 들고 어두운 전시실을 향해 복도를 내려갔다. 어슴푸레한 불빛 아래의 박물관은 완전히 다른 세계였다. 모든 것이 흐리고 낯설었다. 유리 진열장들 안에 담긴 짐승과 공예품들은 낮에 보았던 것과는 완전히 다른 종류인 듯 보였다.

복도를 중간쯤 지났을까, 백스터는 걸음을 멈추고 이 년 전 몬티네 가게에서 구한 탄광용 헬멧을 썼다. 침대에서 책 읽을 때 가끔 사용하는 것으로, 이마 부분에 작은 전등이 붙어 있었다. 그는 다시 한 번 무슨 소리가 들리지 않는지 심혈을 기울여 살폈다.

"누구 있어요?" 어둠 속을 향해 그가 외쳤다. 아무 대답도 돌아오지 않았다. 백스터는 조금 더 기다려보다가 헬멧의 전등을 켰다.

앞쪽에 진열된 유리장이 빛을 받아 순간 환해지면서, 안에 앉아 있던 부엉이 한 쌍이 사뭇 거만하게 노려보는 모습이 백스터의 눈에 들어왔다. 백스터가 그들을 외면하려 애

쓰며 꿋꿋이 걸어나가는 동안, 부엉이들의 그림자는 서서히 사라지면서 마침내 다시 어둠 속으로 잠겨들었다.

온갖 닳아빠진 뼈와 금 간 그릇들이 그가 박물관에 와 있음을 알아차린 듯했고, 어둠이 내린 후에는 누구든 숨소리도 내지 말고 살금살금 다녀야 한다고 경고하는 듯했다. 백스터는 거대한 수갑이 진열되어 있는 진열장 쪽으로는 아예 눈길조차 주지 않으려고 애썼다. 붙잡혔을 때 겪게 될 고초에 대해서는 생각도 하고 싶지 않기 때문이다. 마침내 거대한 백색 방으로 들어섰을 때, 그의 헬멧 불빛이 방 전체를 가득 채웠다. 그는 마치 방금 동굴 안으로 들어간 탐험가 같았다.

거대한 나비는 핀으로 고정된 채 여전히 그곳에 있었다. 백스터는 까치발을 하고서 거대한 나비에 다가가, 거기에 박힌 수많은 나비 중 하나에 얼굴을 바투 들이댔다. 멋들어진 검은 날개에는 파란색과 황금색 장식이 섞여 있었다.

"자, 어디 한번 보자." 그가 말했다.

어떻게 핀을 제거할지 궁리하는 데도 시간을 꽤 잡아먹었다. 가뜩이나 핀에 박혀 있는데, 그 핀을 뺀답시고 나비를 더 다치게 하면 안 되기 때문이다. 그는 곧 엄지와 중지의 손톱을 핀 대가리 밑으로 미끄러지듯 밀어넣으면 핀과 나비 모두 아주 깔끔하게 벽에서 빼낼 수 있음을 알아냈다. 이제 나비를 꼬챙이에서 빼내 작은 봉투에 각각 하나씩 넣는 일은 일사천리로 진행되었다. 그는 처음 빼낸 나비 서너 마리를 먼저 살펴보았다. 모두 몸에 아주 작은 구멍이 나 있었다. 갑자기 의구심이 또다시 솟구쳐 올랐다. 세심하게 못 박혔던 피조물을 되살리는 일이 과연 가능할까.

30분이 지나자, 온 힘을 다해 집중하면서 피나는 노력을 기울이던 백스터는 어지러워지기 시작했다. 한 시간이 지났을 때는 손가락 끝이 견딜 수 없이 따끔거렸다. 적어도 3분의 2가량은 포획해 봉투마다 고이 넣어둔 상태였다. 나머지 나비는 그의 손이 닿지 않는 곳에 있었다. 백스터는 높은 곳에 달린 나비들을 끌어내릴 방법을 강구하기 시작했다.

그는 헬멧 모자를 쓴 채 박물관을 샅샅이 뒤졌지만, 의자나 스툴같이 생긴 것이라고는 단 하나도 발견할 수 없었다. 그나마 쓸 만해 보이는 게 딱 하나 있긴 했는데, 낡아빠진 북극곰이었다. 백스터는 북극곰을 질질 끌고 와 전시장 벽에 바짝 붙였다. 높이는 얼추 맞아 보였다. 백스터가 어깨를 타고 오르자 곰의 앞발이 들려 올라갔는데, 그 바람에 마치 그가 떨어지지 않도록 정강이를 받쳐주려는 듯한 모양이 되었다. 덕분에 백스터는 한층 자신감을 얻었다.

30분이 또 지났을 때, 백스터는 마지막 나비를 누런 봉투에 넣었다. 이제 그 자리에 남은 것이라고는 나비 모양을 이룬 천 개의 구멍과, 바닥 여기저기에 흩어진 천 개의 핀뿐이었다. 벽에 기댄 북극곰은 녹초가 된 듯 보였다. 다음날 아침 박물관장이 도착할 무렵이면, 북극곰이 눈처럼 하얀 갤러리에 스스로 걸어 들어가 한밤중에 나비들이 벌인 향연을 함께 즐긴 것처럼 보일 것이다. 무슨 일이 벌어졌건 간에 북극곰이 일익을 담당했음은 분명해 보이겠지만, 박물관에 있는 다른 동물과 마찬가지로 곰은 말이 없으리라.

거리로 빠져나온 백스터는 박물관 문을 잡아당겨 닫았다. 배낭은 가득 찼지만 무겁지는 않았다. 가방에 담긴 소중한 봉투들을 보호하느라, 그의 걸음은 말할 수 없이 조심스러워졌다. 그는 자기가 나비를 나르는 우체부라도 된 듯 느껴졌다. 고개를 꼿꼿이 세우고 걸으며 죄지은 사람처럼 보이지 않으려고 애썼다. 적어도 개를 산책시키던 이웃 매틀록 씨와 마주치기 전까지는 모든 것이 순조로웠다. 집을 백 미터도 남겨두지 않은 곳에서였다.

"안녕, 백스터," 그가 말을 건넸다. "어디 캠핑이라도 다녀오는 모양이구나."

백스터는 매틀록 씨를 그다지 좋아하지 않았다. 그는 항상 웃음을 띠고 있기는 했지만 특별히 마음 씀씀이가 좋은 사람은 아니었다.

"새로 얻은 배낭이에요." 백스터가 말했다. "그래서 한번 들고 나와 본 거예요. 동네나 두어 바퀴 돌아보려고요."

매틀록 씨는 미소를 짓고 있었지만, 눈에 웃음기라고는 전혀 없었다. 백스터를 질리게 하는 것은 언제나 그 눈이었다. 마치 자기 마음대로 할 수만 있다면, 백스터의 집을 밀어버리고 그와 그의 아버지를 마을에서 쫓아내버리고 싶다는 듯한 눈빛.

백스터는 잘 자라는 인사를 하고 계속 걸었다. 그리고 집에 닿자마자 숨어들 듯이 이층으로 올라가 방문을 걸어 잠갔다. 그는 배낭의 매듭을 풀어 거꾸로 들고서는, 천 개의 봉투가 침대 위로 토해져 나오는 것을 바라보았다. 백스터는 밀튼 스퍼퍼드의 병에 갇혀 끔찍한 순간을 맞아야 했던 나비들이 다시 날아오를 때가 가까이 왔다고 느꼈다. 그들을 다시 날게 해주는 것은 이제 그의 손에 달렸다.

그는 침대 밑에서 마호가니 도구함을 꺼내 책상 위에 올려놓았다. 그리고 의자 높이를 조정하고 램프를 켠 후, 침대 위에 잔뜩 쌓인 봉투 더미에서 가장 위에 있는 것을 집어들었다. 그는 외알 안경을 끼듯 접안경을 한쪽 눈에 끼웠다.

이제 작업에 들어갈 준비가 완료되었다.

핀이 박혔던 부분에는 작은 구멍이 있었고, 핀이 나온 반대편 부분에도 아주 작은 틈이 있었다. 그가 면밀히 관찰해 본 결과, 대부분의 근육과 조직은 손상되지 않고 고스란히 보존되어 있었다. 설명서에 따르면, 나비를 되살리기 위해서는 고무액과 소생 체액을 쓰면서 조심스럽게 살을 접합하기만 하면 되었다.

첫 번째 나비는 검은색과 호박색이 놀랍도록 멋지게 조화를 이룬데다 날개 주름 또한 현란했다. 백스터는 나비를 손질하고 풀을 바른 후 수 분 동안 말렸다. 감히 나비를 소생시키겠다고 도전하기 전에 먼저 해야 할 일이었다. 그는 접합 부분이 확실히 마무리되자 진해정을 풀어 입에 넣었다. 그리고 맛이 혀에 골고루 퍼지고 코가 얼얼해질 때까지 약을 서서히 빨아먹었다. 그는 약제사가 그에게 시범을 보인 것과 똑같이, 나비를 손바닥에 올려놓았다. 그러고는 진해정을 입천장에 붙여 두어 번 굴린 다음, 입에서 15센티미터 남짓 거리로 나비를 끌어당겨 박하향 나는 따뜻한 숨결을 부드럽게 불었다.

한순간 아니, 그보다 좀더 긴 시간이 흘렀지만 아무 일도 일어나지 않았다. 나비는 박물관 벽에 붙어 있을 때와 마찬가지로 그저 손바닥에 조용히 붙어 있을 뿐, 전혀 움직일 기미 보이지 않았다. 엄청난 좌절에 휩싸인 백스터가 감정을 억누르며 진해정 하나를 다시 입에 넣으려던 순간이었다. 갑자기 나비의 날개가 움찔거렸다. 작은 더듬이가 굽어졌고 여섯 개의 다리도 움직였다. 이윽고 그 우아한 피조물은 온몸으로 천천히 기지개를 켜기 시작하며 백스터의 손 안을 이리저리 움직였다.

불과 몇 분 전만 하더라도 아름답기는 하나, 숨을 쉬지 않던 존재에게 일어난 일을 목격하고 백스터는 커다랗게 웃음을 터뜨렸다. 이윽고 그는 그토록 꿈꾸어왔던 일, 나비에게 숨을 불어넣어 생이 되돌아오는 현장을 조용히 응시하는 데 골몰했다. 십 분도 안 되어, 그는 여섯 마리의 나비를 성공적으로 고쳐주었고, 살아난 나비들은 그의 방을 날아다녔다. 백스터는 나비들이 살아난 기쁨은 이루 말할 수 없었지만, 점점 더 많은 나비가 방 안을 날아다니면 작업에 방해가 될 것임을 이내 깨달았다. 그는 손을 그러모아 나비를 한 마리씩 잡은 후 다락으로 올라갔다. 그로부터 나비들은 생명이 돌아왔다는 신호를 보여준 순간, 다락으로 향하는 문으로 풀려났고 그곳에서 소생한 다른 모든 나비들과 합류했다.

그는 한쪽 눈에서 접안경을 빼지 않은 채, 손상된 부위를 섬세하게 봉하고 접으며 밤을 지새웠다. 봉투에서는 때때로 손상 정도가 심한 나비들이 나왔고, 그때마다 백스터는 설명서를 다시 뒤져가며 좀더 평범하지 않은 수술도구를 동원해야 했다. 아침이 밝아올 무렵, 짐작건대 삼백 마리쯤 소생시켰다고 생각한 백스터는 자기도 기운을 차려야겠다는 생각에 아래층으로 내려가 아침을 먹었다.

30분 후, 그는 다시 수술대로 돌아왔다. 아침나절이 반나마 지났을까? 진해정 다섯 봉지가 거덜이 났다. 그는 상점으로 달려가 여남은 봉지를 더 샀다. 카운터 뒤에 앉아 있던 여자가 그에게 말했다. "기침이 그렇게 심하다면 병원에 가봐야 하지 않겠니?" 백스터는 진해정 맛을 너무 좋아해서 많이 사는 거라고 둘러댔는데, 그 무렵에 그 말은 온전히 진실이라고 할 수는 없었다.

그날 내내 백스터는 거의 쉬지 않고 작업을 했다. 두 시간마다 팔과 다리를 펴기 위해 방 안을 걸었고, 그때마다 침대보 위에 있는 봉투 더미가 얼마나 줄었는지 확인했다. 또 창문 밖을 내다볼 때마다 태양이 하늘을 가로질러 얼마만큼 멀어졌는지도 살펴보았다.

유달리 커다란 한 녀석의 날개를 고칠 때 그날 작업에서 가장 큰 고비가 닥쳤다. 공작처럼 밝게 빛나는 터키옥색 날개를 단 나비였다. 처음 박하향을 뿜어주었을 때, 조금 퍼덕대는가 싶더니 날갯짓은 이내 잦아들었다. 한쪽 날개에 여전히 문제가 있는 게 분명했다. 백스터는 손가락 사이에서 퍼덕이며 씰룩이는 녀석에게 좀더 강도 높은 치료를 해주어야 했다. 꿰매고 봉합하는 일을 간신히 끝냈을 때 나비 쪽은 완벽하게 행복해 보였지만, 백스터에게는 지금까지의 작업 중에 가장 유쾌하지 않은 경험으로 남고 말았다. 그때부터 백스터는 모든 단계를 확실하게 마무리하기 전까지는 나비를 소생시키는 단계로 절대로 넘어가지 않겠다고 하늘을 두고 다짐했다.

예닐곱 시쯤 되어 백스터는 저녁을 먹으러 내려갔다. 그러나 남은 봉투가 얼마 없다는 사실에 너무 흥분한 나머지, 최대한 빨리 돌아가리라 마음먹었다. 마지막 몇 시간 동안은 눈에 이상이 오기 시작했다. 눈이 침침해지며 고통스러운 두통이 시작되었다. 마지막 나비를 부활시키고 다락에 풀어주었을 때는 이미 자정이 훌쩍 넘었다.

백스터는 마라톤이라도 한 기분이었다. 침대에 누워 곰곰이 계산을 해보니, 작업을 하며 빨아먹은 진해정이 못 잡아도 200알은 될 것 같았다. 과연 입 안에서 약맛이 가실 날이 오기나 할지 의심스러웠다. 그는 눈을 감았다. 잠시나마 감아주지 않으면 견딜 수가 없을 것 같았다. 그리고 1분도 지나지 않아 잠이 들었다.

네 시간쯤 후, 백스터는 불현듯 소스라치게 놀라며 잠에서 깨어났다. 해가 떠오르고 있었다. 손목시계를 들여다보니, 여섯 시에 가까웠다. 그는 몸을 일으켰다. 잠에서 깨 정신을 차렸을 때, 그는 구석으로 걸어가서 조용히 나무 계단을 올랐다.

그는 아주 조심스럽게 다락으로 통하는 문을 열었다. 다락이 광란의 생명체로 넘쳐나는 모습을 기대하면서. 그러나 위쪽에는 완벽한 정적이 흐르고 있었다. 백스터는 마지막 몇 계단을 마저 올라간 후, 등 뒤로 문을 닫았다. 다락 위로 올라설 때쯤 갑자기 알 수 없는 공포감이 엄습했다. 전부 함께 모여 있는 모습을 보여주기도 전에 그가 작업한 나비들이 날아가버린 건 아닐까. 혹은 겨우 몇 시간 동안만 생을 낚아챈 후에 다시 잠에 빠져버린 것은 아닐까. 그러나 눈이 어둠에 익숙해지면서 서서히 나비들이 보이기 시작했다. 나비들은 그의 낡은 녹음기와 고장난 라디오를 온통 뒤덮고 있었고, 그가 오기를 기다리기라도 한 듯 날개를 앞뒤로 천천히 움직여 보였다.

그는 창쪽으로 조심스레 걸어가 창문을 열어젖혔다. 그러고는 다락 한쪽 구석으로 차분하게 물러섰다. 잠시 동안, 다락에는 여전히 정적이 흘렀다. 들리는 것이라곤 저 멀리 아래에 있는 마을이 서서히 깨어나는 소리뿐이었다. 백스터는 이 위에서 자신의 나비들과 함께 있었다. 태양은 쉼 없이 지붕 위로 떠오르고, 부드러운 산들바람이 채광창을 통해 다락으로 들어왔다. 나비들은 동요하기 시작했다. 몇 마리가 무리 사이를 펄럭였다. 다른 나비도 점차 그들에게로 다가가서 날갯짓을 했다. 다락 천장은 곧 나비들로, 온갖 색깔과 온갖 모양으로 가득 찼다. 한두 마리가 춤을 추며 창을 빠져나갔고, 나머지도 그들을 따랐다. 그리고 눈 깜짝할 사이에 그 모든 섬세한 생명체들이 다락방을 빠져나갔다.

백스터는 열린 창으로 나비들이 떠나는 광경을 지켜보았다. 커다란 나비 구름이 마을 위를 지나고 있었다. 그들은 자기들이 가고 있는 길을 잘 알고 있는 것처럼 보였다. 이제부터 무엇을 해야 할지 잘 알고 있는 듯 보였다.

같은 날 시간이 좀더 흐른 후, 북쪽으로는 삼림지대가 펼쳐져 있고 남쪽으로는 바다가 펼쳐져 있으며, 주변에 탁 트인 산허리밖에 없는 고원지대에 서있던 예술가이자 나비수집가 밀튼 스퍼퍼드는 인근에서 흥미롭게 생긴 나비 한 마리를 발견했다.

그가 그날 처음으로 발견한 수확물이었다. 그는 오른손에 손잡이가 달린 포충망을 쥐고, 왼손에는 죽음의 병을 들고 있었다. 그는 포획물을 향해 다가가는 동안 잠시도 눈을 떼지 않았다. 나비의 날개는 어린 나뭇잎처럼 파리한 초록색이었고, 밀튼은 벌써부터 생명이 빠져나가고 박물관 벽에 핀으로 고정될 나비의 모습을 상상하고 있었다. 그는 나비를 낚아챌 사정거리 안으로 들어갔고, 나비가 먹이를 먹는 모습을 잠시 지켜보았다. 그리고 포충망을 들어올렸다. 예전에 천 마리의 나비를 붙잡았던 그 포충망을.

"나랑 같이 집에 가는 거야." 그가 속삭였다.

어두운 그림자가 그의 머리 위를 조용히 뒤덮은 것은, 그가 막 나비를 낚아채려 할 때였다. 주위가 갑자기 서늘해졌다. 태양은 사라져버렸고, 밀튼은 거대한 나비의 실루엣이 자기 머리 위에서 배회하고 있음을 알아차렸다. 그가 천 마리의 나비를 질식시킨 후 공들여 만들었던 바로 그 거대한 나비였다.

그는 쥐고 있던 포충망을 떨어뜨렸다. 죽음의 병은 언덕 아래로 데굴데굴 굴러 떨어졌다. 거대한 나비는 느릿느릿 날개를 움직였다. 그가 자신이 창조한 그 기이한 작품을 놀라운 눈으로 바라보고 있는 동안, 나비는 그의 머리 위로 내려앉아 그를 감쌌다. 밀튼 스퍼퍼드의 모습은 온데간데없이 사라졌다.

그는 채 1분도 저항하지 못했던 것 같다. 숨이 붙어 있는 마지막 순간까지 도움을 청하려고 외치고 또 외쳤지만, 나비들이 부드럽게 숨을 조이면서 그의 목소리는 완전히 묻혀버리고 말았다. 마지막 순간, 그의 모습은 잠시 온갖 빛깔로 뒤덮였다. 그는 자신의 나비들 사이에서 숨 쉬었다. 그리고 한순간, 나비수집가의 생명은 꺼졌고 생명을 잃은 몸은 땅 위로 떨어졌다.

밀튼은 깊은 잠에라도 빠진 듯 풀밭에 누워 있었다. 그리고 얼마 지나지 않아 한 노파가 근처를 지나치게 되었다. 그녀의 말에 따르면 주변에 의심 갈 만한 것은 아무것도 없었다고 했다. 그녀는 말했다. 그날은 아름다운 날이었다고. 하늘에는 태양이 높이 떠 있었고, 수백 마리의 나비들이 사방에서 춤을 추고 있었다고.

뭔가를 보았다는 사람들의 이야기가 이따금 전해졌다.
기이한 생물체가 아이를 품에 안은 채
덤불숲을 헤쳐나가는 광경을 목격했다느니,
그 이상한 생명체와 아이가
나란히 뛰어가는 것을 봤다느니 하는 이야기였다.

은둔자 구함

Hermit Wanted

어떤 사람들은 나면서부터 부자이고, 또 일부는 살아가면서 부자가 된다. 하지만 그렇게 운이 좋지 않은 사람도 있다. 자일스와 버지니아 자비스 부부는 운이 좋은 사람들이었다. 자일스는 도시에서 일하면서 많은 돈을 벌었고, 지니(버지니아의 애칭—옮긴이 주)는 부모님으로부터 엄청난 유산을 상속받았다. 그래서 둘이 결혼했을 때는 두 개의 은행금고가 전국 방방곡곡에 울려 퍼질 만큼 커다란 쇳소리를 내며 합체한 셈이었다.

그들은 커다란 고택을 구입했다. 여남은 개의 침실이 딸려 있고, 정문 양옆으로 커다란 대리석 기둥이 서있는 저택이었다. 수백 에이커에 달하는 숲이 있고, 자갈 깔린 산책로도 있었다. 그들은 수세기 전에 대지주와 그 아내가 저택을 운영하던 방식으로 저택을 꾸려나가기를 원했다. 그리하여 사슴공원을 만들고, 무희를 고용했으며, 공작새들이 날개를 펴고 걷는 잔디밭에 크로케를 즐길 수 있는 장소를 만들었다. 뿐만 아니라 수십 명의 하인과 하녀를 고용하여 식사 준비와 청소를 하게 했으며, 자기들이 지닌 엄청난 부에 걸맞은 예우를 갖추어 깍듯하게 모실 것을 요구했다.

어느 토요일 아침, 지니는 한 번도 가본 적이 없는 숲으로 말을 타고 향하다가 우연히 자그맣고 축축한 동굴 하나를 발견했다. 말에서 내린 지니는 동굴 입구 쪽으로 다가가 어둠 속을 살펴보기 시작했다.

"누구 있어요?" 지니가 말했다.

잠시 후 지니는 다시 말을 타고 집으로 돌아왔지만 좀처럼 흥분을 억누를 수가 없었다. 그녀는 문 앞에 말을 버리다시피 남겨두고 진흙이 잔뜩 묻은 부츠를 털지도 않은 채 곧바로 이층으로 올라갔다.

"자일스," 지니가 외쳤다. "여보, 어디 있어요?"

천장까지 올라간 그녀의 목소리가 메아리를 치며 복도로 내려왔다.

남편은 지니가 끔찍한 사고를 친 게 틀림없다고 생각하며, 계단 난간에 몸을 기댄 채 내려다보았다. 가령 사냥을 나갔다가 성가신 비둘기를 잡으려고 쏜 총에 그만 동네 주민을 실수로 맞힌 건 아닌가 싶었다. 하지만 자일스가 마주친 지니의 얼굴은 기쁨으로 들떠 있었다.

"동굴을 발견했어요." 지니가 말했다.

자일스로서는 전혀 예상치 못했던 종류의 이야기였기 때문에, 잠시 멍하니 서서 적당한 말을 찾을 수밖에 없었다.

"잘했소." 마침내 그가 할 말을 찾아냈다.

"동굴에 은둔자 한 명을 데려다놓아야겠어요." 지니가 말했다.

아내와는 달리 역사 시간에 그다지 집중을 해본 적이 없는 자일스는 은둔자가 무슨 뜻인지, 정확히 말해 무슨 일을 하는 사람인지 알지 못했다. 하지만 지니가 그날 저녁 내내 설명한 바에 따르면, 야생에서 고독한 삶을 살며 아무도 없는 동굴에 홀로 사는 것이 제격인 사람이었다.

자일스는 은둔자를 들여놓자는 말에, 그게 무슨 뜬구름 잡는 얘기인가 싶었다. 하지만 며칠 지나지 않아, 아주 진기

한 경험이 될 것 같다는 생각이 들었다. 주말쯤에는 은둔자가 없어서는 안 되는 존재라고 생각하게 되었고, 아무도 그 사실을 알려주지 않았다는 것에 아주 화가 날 지경에 이르렀다.

그 다음주에 자일스와 지니 부부는 지역신문에 구인광고를 하나 냈다.

은둔자 구함

숙식 제공.

대(大)영지에 위치.

조용한 성격인 분에게 어울림.

광고 밑에는 자일스와 지니 부부의 이름과 주소를 적어서 뜻있는 은둔자라면 누구나 지원할 수 있게 했다.

부부는 희망에 들떴다. 그들은 은둔자가 쉽게 구해지리라고 믿었다. 하루 종일 가만히 앉아 생각만 하는데 숙식까지 무료로 해결되는 일이 어디 그리 흔한가? 때문에 일주일이 다 가도록 한 통의 지원서도 받지 못한 부부는 놀랍기도 하고 실망스럽기도 했다. 이게 웬일인가, 하고 그들은 생각했다. 어떻게 그렇게들 배은망덕할 수 있단 말인가. 다른 사람들도 아닌 자비스 부부가 동굴을 말끔하게 가꾸어 제공해주겠다는데, 평민이 감히 콧방귀를 뀌다니 말이다.

지니는 사람들의 구미를 자극하기 위해 동굴을 휴가용 방갈로처럼 꾸미거나 몇몇 인공장식물을 세워두는 방안을 막연하게 생각했다. 아니면 차라리 그 빌어먹을 동굴을 그냥 메워버리는 것도 나쁘지 않겠다고 생각했다.

그 다음주 화요일, 자비스 부부가 저택의 수많은 거실 중 한 곳에서 차를 마시며 라디오에서 흘러나오는 콘서트 실황을 듣고 있을 무렵이었다. 하녀가 들어오더니, 좀 거친 인상의 사내가 뒷문으로 들어와서 구인광고가 아직도 유효한지 물었다고 알려왔다.

지니의 입에서 강아지가 발을 밟혔을 때나 내는 별난 소리가 흘러나왔다. 너무 좋아서 어쩔 줄 모를 때 그녀가 내뱉는 특유의 소리였다. 자일스는 최근 그 소리가 듣고 싶던 차였다. 그도 기쁘다는 뜻을 알리기 위해 제 허벅지를 내리치며 호탕하게 웃어젖혔다.

잠시 후 사내는 하녀의 안내로 서재에 자리했고, 지니와 자일스 부부도 몇 분 후 그곳으로 갔다. 그는 오륙십대 정도로 나이가 좀 들어 보이는 남자였다. 책장 앞에 선 남자는 마치 책으로 둘러싸인 감옥에라도 들어선 듯 어쩔 줄 몰라

하는 표정이었다.

"책을 많이 읽으시나요?" 대화를 시작해볼 요량으로 지니가 물었다.

사내가 고개를 돌려 지니를 바라보더니 어깨를 으쓱했다. 자신은 책에 관해서는 딱히 흥미를 느끼지 못한다는 뜻이었다.

"그래요," 지니가 말했다. "책 읽을 시간을 내기가 어디 보통 어려워야 말이죠."

지니는 말을 건네면서 예비 은둔자를 재빠르게 훑어보았다. 차림새가 꽤나 지저분한 기인의 모습이었다. 행색은 은둔자로 보기에 안성맞춤이어서 나쁘게 받아들일 게 없었다. 그러나 사내에게 과일 썩는 냄새가 났다. 지니는 푹신한 가죽의자를 더럽히는 위험을 감수하고 싶지는 않아서, 그를 나무의자에 앉혔다. 그래야 사내가 떠난 후 냄새를 없애기 위해 문질러 닦기도 쉬울 것이고, 안 되면 그냥 불태워버리면 되기 때문이다.

지니와 자일스는 거대한 소파에 몸을 부리고 앉아, 놀랍다는 표정으로 주변을 두리번거리는 손님을 잠시 동안 그저 바라보고만 있었다.

"신앙심이 깊으신가요?" 지니가 마침내 입을 열었다.

사내는 질문을 잠시 생각하더니 어깨를 으쓱하며 말했다. "그다지요."

지니는 손님이 한담에는 딱히 능통하지 않다는 것을 간파했다. "실례가 되지 않는다면 한 말씀드리고 싶네요." 지니가 말했다. "제가 보기에 선생님은 생각하는 걸 좋아하시는 것 같아요."

사내는 그녀의 말에 대해 잠시 생각해보았다. 그러고는 "그런 거 같네요"라고 고개를 끄덕이며 말했다. "그래요, 가끔 생각하는 걸 좋아합니다."

지니의 얼굴에 미소가 떠올랐다. 마침내 사내에게 은둔자로서 갖추어야 할 기본기가 있음을 알아냈다는 미소였다. 지니는 이 일을 은둔자라는 직업에 대해 좀더 광범위하게 접근해볼 수 있는 계기로 받아들였다. 그녀는 자기 집에 동굴이 하나 있는데, 거기 머물 사람, 즉 긴 머리를 늘어뜨리고 고독을 즐길 줄 아는 사람을 구하는 중이라고 설명했다.

지니가 얘기하는 동안, 거지 행색의 사내는 고개를 주억거리며 내내 방 안을 두리번거렸다.

"그러니까 면도를 해서도 안 되고, 머리카락을 자르는 것도 안 되며, 손톱을 깎는 것도 안 됩니다. 동의하시겠어요?" 지니가 힘주어 말했다. "우리는 당신이 원시인으로 보였으면 좋겠어요."

사내가 다시 고개를 끄덕였다.

"그리고 반드시 동굴 안에 있어야 해요. 그 주변을 떠나서는 안 됩니다." 동굴 안에서 산다는 의미를 사내가 제대로 이해하지 못했을 거라는 생각에, 옆에 있던 자일스가 덧붙였다.

사내는 한 번 더 고개를 끄덕였다. 세 사람은 잠시 동안 잠자코 앉아 있었다. 다음 순간, 사내가 할 말을 찾았다는 듯 갑자기 말문을 열었다. "구인광고에 무슨 음식 얘기가 있었던 것 같은데⋯⋯." 사내가 말했다.

"그래요," 지니가 대답했다. "우리 집에서 일하는 사람이 매일 아침 먹을 걸 갖다줄 거예요. 빵하고 치즈, 뭐 그런 음식으로요."

빵과 치즈 얘기에 늙은 사내는 정신이 번쩍 들었다. 그리고 몇 초 지나지 않아 사내는 의자에서 벌떡 일어서더니 차려 자세를 취하는 병사처럼 몸을 쭉 폈다.

"그렇다면야." 사내가 말했다.

"좋습니다." 지니가 말했다. 그녀와 자일스가 소파에서 일어났다. "언제부터 시작할 수 있으세요?"

사내는 재킷 소매를 걷어 손목을 바라보았다. 있지도 않은 손목시계가 갑자기 생기기라도 한 듯 말이다.

"음, 당장 시작하죠." 사내가 말했다.

세 사람은 현관 쪽으로 발걸음을 옮겼고, 그곳에서 자일스와 지니는 웰링턴 부츠를 꺼내 신었다. 그들은 뒷문으로 나가 숲으로 걷기 시작했다. 숲속으로 걸어 들어가면서, 지니는 이제 막 고용한 은둔자에게 그가 해야 할 행동거지에 대해 최선을 다해 설명했다. 침묵할 것, 소란을 피우거나 눈에 띄는 행동을 하는 것은 절대 금물이었다.

"규정상 은둔자는 아주 내성적이어야 합니다." 지니가 사내에게 말했다.

지니는 사내의 의복으로 가운이나 성직자들이 입는 일상복이 적당하리라 생각했지만, 사내가 걸친 옷도 이미 충분히 더럽고 남루한지라 굳이 꾸미고 자시고 할 필요도 없겠다고 생각을 고쳐먹었다. 부부는 사내에게 그가 이곳에서 묵는다는것을 알려야 할 가족이 있는지, 살던 곳에서 가져와야 할 짐은 없는지 물었다. 그런 것은 없었다.

"우리 일하는 아이가 밀짚 이부자리를 가져다줄 거예요." 걸음을 멈추지 않은 채 지니가 말했다. "그리고 삽 한 자루도요." 그녀는 숲을 가리키며 덧붙였다. "쓸 일이 있을지 모르니까요."

마침내 그들은 동굴에 당도했고, 은둔자는 동굴 속을 응시했다. 그다지 깊은 인상을 받은 표정은 아니었다. 부부는 사내가 갑자기 등을 돌리고 도망이라도 가버리는 건 아닐까 걱정했다. 하지만 사내는 버릇처럼 또다시 어깨를 으쓱하더니, 이보다 더한 곳에서도 살아보았다고 말했다. 마음을 놓은 지니는 사내에게 침묵에 대해 얘기했다. 사내가 지켜주기를 바라는 맹세였다.

"침묵이요?" 그가 말했다.

지니는 고개를 끄덕였다. "모든 은둔자들은 작은 평화와 안식에 큰 의미를 둡니다." 지니가 말했다. "침묵은 생각하는 것을 도와주니까요."

사내는 어김없이 어깨를 으쓱해 보였고, 지니는 그것을 동의의 뜻으로 받아들였다. "아, 그리고 생각하다가 무언가 흥미로운 일이 생기면," 지니가 말했다. "주저 말고 얘기해주세요."

은둔자 사내는 난처한 표정을 지어보였다. "말하지 말라면서 무슨 수로 내 생각을 전하라는 겁니까?" 그가 말했다.

"사람을 시켜 종이와 연필을 보내드리겠어요." 지니가 말했다. "떠오르는 생각을 간단히 종이에 적어서 동굴 입구에 놓아두세요. 일하는 사람 중 하나가 수거해갈 테니까요."

그러고도 그들은 잠시 더 서 있었다. 자일스가 이제 할 일은 모두 끝난 것 같다고 말하며 자리를 뜨려는데, 은둔자가 교실에 앉은 학생처럼 갑자기 손을 번쩍 들었다.

"빵하고 치즈 말인데요." 사내가 말했다.

"여부가 있겠습니까." 지니가 대답했다. "이부자리와 함께 보낼게요." 그러고는 곧 자신의 입에 손가락을 가져다 댔다. 그 단순한 제스처에 사내가 보잘것없는 인생에서 내뱉으려는 마지막 말을 막을 효력이라도 있는 것처럼 말이다.

"명심하세요. 절대로 말을 하면 안 됩니다. 무덤 속에 있는 듯 조용히 있어야 합니다."

자비스 부부는 처음 두어 달 동안 은둔자에게 몹시 열중하면서, 동굴을 방문할 구실을 만들어내느라 바빴다. 머리카락은 자라 기름이 잔뜩 끼었고 마찬가지로 덥수룩해진 수염과 긴 손톱 덕분에, 사내는 부부가 상상했던 야생인의 모습에 가까워져 갔다. 그들은 그런 사내의 모습에 한층 더 열광했다. 지니와 자일스는 저녁 파티에서 그들이 소유한 '고귀한 야만인'에 대해 크나큰 애정을 담아 이야기했으며, 때로 한 무리의 손님들을 동굴로 데려가 은둔자가 명상하며 보내는 일상을 보여주기도 했다.

사내는 사실 은둔자로서의 삶이 그럭저럭 만족스러웠다.

적어도 처음 시작할 때는 그랬다. 바람이 좀 들고 축축하기는 했지만, 어쨌든 잠잘 곳이 생긴 셈이었다. 거기다 중요한 것은 잠자는 곳 입구까지 규칙적으로 음식이 배달된다는 점이었다. 이른 아침이면 신선한 과일과 샌드위치가 담긴 접시가 동굴 밖에 놓여 있었고, 가끔은 버터를 바른 스콘도 배달되었다. 그러나 몇 달이 지나면서 음식은 점점 나빠지기 시작했다. 어느 날은 썩은 사과 하나가 달랑 놓여 있었고 이어서 묽은 수프만 나오더니, 이제는 부부가 저녁식사에서 남긴 찌꺼기로 의심되는 음식이 배달되기 시작했다. 급기야 음식을 전혀 가져오지 않는 날도 생겼다.

그러나 결정타가 된 것은 침묵이었다. 이 은둔자는 잡담 상대로는 적당치 않은 사람이었다. 아닌 게 아니라 자신도 이렇게 은둔자로 고용되어 경험하게 된 고독을 즐기는 날도 없지는 않았다. 그러나 침묵의 맹세는 곧 무거운 짐이 되었다. 그것은 무거운 쇠사슬처럼 사내를 죄어왔다. 동굴 밖의 음산한 날씨를 바라보거나, 동굴 벽이 내뿜는 냉기를 피해 담요 아래 쭈그리고 지낸 지 몇 달이 흐르자, 사내는 자신의 생각이 서서히 바뀌고 있음을 느꼈다. 그리고 이제 그 생각이 기묘한 전환점을 따라 실타래가 풀리듯 서서히 풀려나고 있음을 느꼈다.

한편 자일스와 지니에게는 마음을 빼앗길 새로운 일이 생겼다. 자일스가 금방이라도 잠이 들 듯한 표정으로 난롯가에 앉아 있었고, 지니도 그 옆에 꼭 붙어 앉아 있었다.

"기쁜 소식이 있어요." 지니가 말했다.

"무슨 일이오?" 자일스가 말했다.

"여름이 되면," 그녀가 말했다. "자비스 이세가 이 세상에 와서 온 집 안을 헤집고 다닐 테니 놀라지 말아요." 그렇게 말하면서 지니는 남편이 그렇게나 좋아하는데도 듣기 어려웠던 작은 탄성을 다시 한 번 내질렀다. "이제 왕좌를 넘겨줄 후계자가 생기는 거예요." 그녀가 말했다.

몇 달 동안 부부는 갖가지 계획과 준비로 거의 광란의 상태에 빠져 있었다. 방을 새로 꾸며 태어날 아기가 불편함 없이 자랄 수 있도록 해야 했고, 아기를 위해 일해줄 사람들도 뽑아야 했다. 한 주, 한 주가 지날수록 지니의 몸은 조금씩 불어났고, 산달에 이르러서는 너무나 힘에 겨워 침대 위에 누워서 대부분의 시간을 보내야 했다. 마침내 산파가 와서 무사히 아기를 받았다. 사내아이였다. 아이 이름은 잭이었고, 태어날 때부터 깔려 죽을 만큼 어마어마한 부에 둘러싸이게 되었다. 물론 아이 스스로는 그걸 알 길이 없으니 당장 숨이 막히지는 않겠지만 말이다.

그쯤 되자 그나마 조금 남아 있는 숲속 야생 노인에 관한 관심은 온데간데없이 사라져버렸다. 부부의 신경은 오로지 아들에게만 향해 있었다. 잭은 유모나 엄마, 아빠 얼굴이 보일 때를 빼놓고는 천장을 쳐다보며 대부분의 시간을 보냈다. 잭은 먹고 잤다. 그리고 때마다 유모가 기저귀를 갈아주거나 목욕을 시켜주었다. 그리고 늦은 밤, 잭은 엄마가 보이지 않으면 창밖의 어둠을 뚫고 저 깊은 숲속까지 울려 퍼질 만큼 큰 소리로 울어댔다.

은둔자의 메시지는 처음에는 별로 나쁜 뜻 없이 시작되었다. 그는 집으로 돌아가는 하녀를 통해 자신의 메시지를 써서 보냈다.

나무 사이에 더 많은 나무들이 있다.

그리고,

동굴이란 그저 벌어진 입 외에는 아무것도 아니다.

하지만 몇 달이 지나면서 은둔자의 메시지는 점점 성가신 내용을 담게 되었다. 가령,

벌레가 너무 많다.

혹은

머릿속에서 개가 울부짖고 있다

몇몇 메모에는 기묘한 그림이 그려져 있었고, 또 어떤 메모는 알아보지도 못할 글씨로 휘갈겨져 있었다. 그러나 그때쯤 이미 자비스 부부는 은둔자에게 꽤 싫증이 난 상태였다. 그리하여 일하는 사람들에게 더 이상 짜증스러운 시를 가져와 자기들을 귀찮게 굴지 말라고 일렀다. 이제 은둔자에 관한 일에서는 손을 뗀 것이나 다름없었다.

뭔가 잘못 되었다는 최초의 징후는 공작새의 실종이었다. 새를 찾으러 갔던 하녀가 숲 언저리에서 얼마 남지 않은 화려한 깃털 사이에 묻힌 공작새 두 마리의 피로 얼룩진 사체를 발견했다. 그 일은 저택 식솔들에게 작은 공포와 전율, 섬뜩함을 안겨주었다. 그러나 사람의 소행인지 동물의 소행인지 알아낼 길은 없었다. 여우가 저지른 짓일 것이라는 추측이 그나마 일리 있었다. 그러나 그 후 며칠 동안 은둔자가 온 숲속을 배회하며 해괴한 행동을 하고 다니는 것이 목격되었다. 치렁치렁한 머리카락에 깎지 않은 손톱을 길게 늘어뜨린 사내는 그야말로 예고 없이는 절대 숲속에서 마주치고 싶지 않은 종류의 사람이었다. 자동차 창 와이퍼에 끼워놓은 메모를 발견했을 때, 자일스는 마침내 건장한 청년 몇을 풀어 은둔자를 쫓기로 결심했다. 그는 그동안 참을 만큼 참았다고 생각했다. 메모는 다음과 같이 간결하게 씌어 있었다.

피로 물든 이빨과 발톱

동굴에도, 사슴공원에도 사내의 흔적이 보이지 않자, 고용인들은 몇 명씩 조를 나누어 숲속에 들어가기로 했다. 한두 시간 후, 그들 중 하나가 늙은 야만인의 흔적을 찾았다고 보고했다. 자일스는 산탄총을 꺼내들고 집안 사람들을 모두 불러 은둔자의 흔적이 발견된 숲으로 보냈다. 사람들은 넓게 퍼져 언덕을 샅샅이 훑기 시작했다. 그들은 골짜기를 향해 걸어 들어갔다. 추적자들은 망원경과 음식, 물을 챙겼고, 그들을 독려하는 자일스의 분노를 등에 업고 있었다. 하지만 서너 시간이나 이 잡듯 뒤졌음에도 아무 소득이 없었던 그들에게 남은 것이라고는 여기저기 긁혀 상처투성이가 된 팔다리와 추위에 얼어붙어 감각조차 거의 없게 된 발뿐이었다.

산등성이까지 이르러 자일스가 막 작전중지를 외치려던 참에, 청년 중 하나가 손을 흔들어 주의를 환기시키더니 서쪽을 가리켰다. 모두가 그 자리에 멈추고 나무가 늘어선 지평선을 눈으로 꼼꼼히 뒤졌다. 아무것도 없었다. 그곳에는 추위가 몰아치는 회색 하늘 아래서 그림자를 내려뜨린 헐벗은 나무들밖에 없었다. 그때 갑자기 어떤 형체가 솟아오르는가 싶더니, 나무와 나무 사이를 빠르게 옮겨다니기 시작했다. 사람들은 두려움에 숨을 죽였고, 자일스는 산탄총을 들어 어깨에 멨다. 그는 장전된 총을 들고 한쪽 눈을 감고서 때를 기다렸다. 나무 사이에 있던 형체가 다시 시야로 들어오는 순간, 자일스는 주저 없이 방아쇠를 당겼다.

숲속에 있던 새들이 미친 듯이 놀라 하늘로 일제히 솟구쳐 올랐다. 총소리는 수 킬로미터 밖까지 퍼져 나갔다. 일동은 한순간 미동도 하지 않은 채 숨을 죽이고 멈춰 서 있었다.

"맞았나?" 자일스가 물었다.

하지만 자일스 옆에 있던 청년은 자일스가 쏜 총알이 그 형체 10미터 안쪽으로도 접근하지 못했음을 알고 있었다.

"스친 것 같습니다." 그가 말했다.

모든 장정들이 미지의 생명체가 마지막으로 움직였던 산등성이로 일제히 내달렸다. 그들은 눈을 부릅뜨고 열심히 찾아보았지만, 은둔자의 흔적은 고사하고 피 한 방울조차 찾을 수 없었다.

"분명 총소리에 놀라 자빠져 엄마 뱃속으로 도망쳤을 거야." 자일스가 말했다. 모두가 지당한 말씀이라며 그를 향해 경쟁하듯 고개를 주억거렸다.

자일스가 사내를 본 건 그게 마지막이었다. 하지만 그 후로 그는 자신이 다시 총을 들고 숲으로 들어가 일을 처리하는 상상에 내내 시달리게 되었다.

추격전이 있은 지 이틀 후, 잭의 유모가 우유병을 데우러 방을 비운 사이에 창문이 삐걱대며 열렸다. 등을 대고 누워 천장을 쳐다보고 있던 아기 잭의 눈앞에 낯선 얼굴이 다가왔다. 텁수룩한 수염과 아무렇게나 치렁치렁 자란 머리카락이 그의 얼굴 위에서 흔들렸다. 그는 뜨겁게 이글거리는 사나운 눈이 자신을 위아래로 훑어보는 것을 느꼈다. 마침내 잭은 길고 날카로운 손톱이 다가와 자신의 등을 잡고 들어 올리는 것을 보았다.

유모가 방으로 돌아왔을 때는 사내가 아기를 팔에 끼고 막 창문을 빠져나가려던 참이었다. 유모는 비명을 질렀고, 곧이어 여주인이 무슨 일이냐며 달려왔다. 유모는 비명을 멈추지 않으며 손으로 열린 창문을 가리켰다. 지니는 창문으로 달려갔다. 그곳에서 그녀는 사내에게 붙잡혀 숲으로 들어가며 그의 어깨 너머로 자신을 쳐다보고 있는 아들의 마지막 모습을 바라보았다.

말할 것도 없이 경찰이 달려왔고, 온 마을에 비상이 걸렸다. 수색대가 조직되어 숲으로 향했다. 자비스 부부는 아이를 무사히 되찾아주는 사람이나 그럴 만한 정보를 제공하는 사람에게 거액의 보상금을 주겠다고 약속했다. 당연하게도, 지역 주민들은 보상금을 타기 위해 조금도 쉬지 않고 젖먹던 힘까지 짜냈다. 자비스 부부도 숲을 이 잡듯 뒤졌다. 하지만 야생 인간의 흔적은 찾아볼 길이 전혀 없었다. 한 해, 두 해가 지날수록 부부는 점차 그들이 끔찍이 여기던 아들의 모습을 다시는 볼 수 없을지 모른다는 생각에 더 빠져들었다.

하지만 뭔가를 보았다는 사람들의 이야기가 이따금 전해졌다. 기이한 생물체가 아이를 품에 안은 채 덤불숲을 헤쳐 나가는 광경을 목격했다느니, 그 이상한 생명체와 아이가 나란히 뛰어가는 것을 봤다느니 하는 이야기였다.

사내와 아들이 사라진 지 5년이 흐른 후, 마을 아낙네 하나가 자비스 부부 영지 근처에서 야생동물 같은 두 생물체와 마주쳤다고 주장했다. 지니는 소식을 듣자마자 당장 그

아낙네를 불러들였다. 아낙네는 잔뜩 주눅이 든 채로 서재에 서서 부부를 기다렸다. 마치 지난날, 그들이 은둔자를 만났을 때와 같았다. 똑같은 방에서 비슷한 상황이 연출되었다. 그러나 지니는 이번에는 아낙네에게 자신과 함께 소파에 나란히 앉기를 권했다. 또한 그녀의 손을 지그시 잡고서, 얼마가 걸려도 좋으니 그녀가 봤다는 그 야생 생물체에 대해 소상히 말해달라고 부탁했다.

아낙네는 자신이 그들을 본 것은 아주 잠깐 동안이었으며, 자기와 눈이 마주치는 순간 그들은 덤불숲으로 날쌔게 달아났다고 말했다.

"제가 말씀드릴 수 있는 것은," 여자가 말했다. "한 명은 다 자라다 못해 늙어빠진 사내였고, 또 하나는 어린아이였다는 거예요." 지니는 계속 말해보라고 간청했다. "둘 다 들짐승 같았어요. 머리는 어깨 밑으로 텁수룩하게 내려와 있었고, 손톱은 길고 날카로웠지요." 여자가 지니에게 말했다.

지니는 절박한 심정으로 여자의 손을 꼭 잡고 더 해줄 얘기가 없는지 부탁했다.

"말은 하던가요?" 지니가 물었다.

"웬걸요," 아낙이 말했다. "둘 다 무덤 속에 있는 것처럼 조용하던걸요."

잠에 빠졌을 때 소년의 키는 140센티미터였지만,
깨어났을 때 그의 키는 189센티미터가 되어 있었다.
소년은 창틀에 기대
십 년 전에 마지막으로 보았던 세상을 내다보았다.
새들이 노래하고 있었다.
구름이 천천히 하늘을 가로지르고 있었다.
소년은 몸을 돌려 다시 침대로 향했다.
침대로 돌아가는 길에 소년은 거울을 지나치게 되었다.
웬 청년이 어머니, 아버지의 어깨에 의지해
서있는 모습이 보였다.

잠에 빠진 소년

The boy who fell asleep

그러잖아도 소년은 늘 꾸벅꾸벅 조는 버릇이 있었다. 어찌나 졸아댔는지 소년은 늘 잠보라는 꼬리표를 달고 다녔다. 아침에 일어나는 데만 한세월이 걸렸고, 오후에는 고개를 꾸벅거리는 게 하는 일의 전부였다. 교실 창문 밖을 빤히 내다보다가 눈꺼풀이 무거워지면 이내 책상에 머리를 조아리고 기절하듯 잠들었다. 선생이 그런 소년을 그냥 두고 볼 리 없었다. 대머리에 늙수그레한 꼰대 윈터 씨는 자기 말에 감히 집중하지 않는 학생이 있으면 누가 됐든 분필을 던져 맞히는 게 크나큰 즐거움인 사람이었다.

소년이 특별히 잠에 미쳐 있는 건 아니었다. 소년의 경험상 고개를 꾸벅이는 건 여간 성가신 일이 아니었다. 그것은 깨어있음과 잠드는 것 사이의 고단한 줄다리기였다. 소년은 그저 정처없이 배회하는 걸 좋아할 뿐이었다. 그리고 소년의 마음은 일단 배회하기 시작하면 항상 무의식의 세계로 치달았다.

형제자매가 없다는 점에서 소년은 꽤 운이 좋았다. 시도 때도 없이 머리 꼭대기에서 괴롭히고 부려먹는 형제자매가 소년에게는 없었다. 소년에게는 밖에 나가서 일하는 시간을 제외하고는 안락의자에 몸을 파묻고 신문 보는 게 전부인 아버지와 2분 이상은 절대로 가만히 앉아 있지 못하는 어머니밖에 없었다.

뭔가 잘못됐다는 조짐이 최초로 나타난 것은 어느 금요일 저녁이었다. 여덟 시에 잠든 소년은 다음날 아침 열 시 반이 되도록 일어나지 않았다. 어머니가 억지로 일으켜 앉혀 얼굴에 물을 뿌려대고 나서야 소년은 정신이 돌아왔다. 마침내 이 세상으로 다시 돌아온 소년은 횡설수설하며 굽이친 강에서 배를 탔다고 중얼거렸다. 노도 없는 배를 타고 밤새 강을 떠돌아다녔다고 했다.

그 일이 있고 난 다음주 지리시간에 소년은 또다시 잠이

들고 말았다. 윈터 씨가 세계지도를 가리키며 멀고 먼 어딘가를 설명하고 있을 때였다. 어린 소년이라면 누구라도 기진맥진하기 딱 알맞은 이야기였다. 소년의 마음은 다시 배회하기 시작했고 그것이 주문이 되어 이내 잠에 빠져들었다. 분필이 소년의 머리 꼭대기를 맞고 튀어 올랐다. 하지만 끝내 늙은 윈터 씨가 잠든 소년을 깨울 길은 없었다. 결국 같은 반 친구 네 명이서 최전방에서 부상당한 병사를 나르듯 잠과의 사투를 벌이는 소년을 칠판 위에 싣고 집으로 옮겨야 했다.

소년의 부모는 아들을 뉘고 나서 근심 가득한 눈으로 바라보았다. 이틀을 꼬박 자고 나서야 소년은 깨어났다. 약간 휘청거리긴 했지만 별 이상 없이 건강했다. 일어나서는 목욕을 하고 아침을 한 상 가득 차려 먹었다. 월요일에 소년은 어머니가 쥐어준 편지를 들고 다시 학교에 갔다. 아들이 몸이 조금 좋지 않았지만 이제 거의 나았다며, 아들의 행동을 사과한다는 내용의 편지였다.

소년의 아버지는 다시 의자에 파묻혀 신문을 읽었다. 어머니도 집안일을 돌봤다. 그러나 깨어날 줄 모르는 잠에 빠지는 아들의 새로운 습관 탓에, 잠잘 때에도 선뜻 아들의 눈을 감길 수가 없었다. 언제 다시 눈을 뜰지 알 길이 없어졌기 때문이다.

두 주쯤 지난 어느 목요일 저녁, 소년은 난로 옆에 앉아 한 30분을 연신 하품만 해댔다. 그러고는 가까스로 몸을 일으켜 발을 질질 끌며 기다시피 계단을 올라갔다. 베개에 머리가 닿자마자 소년은 손쓸 수 없이 강력한 잠이 다가오고 있음을 느꼈다. 육중한 잠의 기운이 몸 가장 깊은 곳에 있는 뼈까지 끌어당기고 있었다. 소년은 굴복하는 것밖에 달리 할 수 있는 일이 없었다. 몸이 물에 빠진 돌처럼 가라앉았다. 소년은 이번에는 과연 얼마나 오랫동안 떠나 있게 될까 궁금해하면서 잠이 들었다.

다음날 아침 눈을 뜨는 순간, 소년의 어머니는 무언가 잘못됐다는 것을 바로 알았다. 어머니는 소년이 자기의 품속에서 빠져나갔다는 것을 그저 알 수 있었다. 다급해진 어머니는 소년의 방으로 달려갔고, 누워 있는 소년을 발견했다. 이불은 전날 소년을 침대로 밀어 넣기 전에 펴주었을 때와 조금도 다름이 없이 말끔하게 펴져 있었다. 어머니는 아들의 이마를 짚어보았다. 따뜻했다. 그저 잠들어 있을 뿐이었다. 그녀는 고개를 돌려 남편을 불렀다.

"존," 그녀가 외쳤다. "또 잠에 빠졌어요."

점심때가 돼서도 소년은 요지부동, 깨어날 기미가 없었

다. 오후가 되자 소년의 부모는 의사를 불렀다. 의사는 소년의 맥박을 재고 눈꺼풀을 올려보았지만, 생명의 기운은 보이지 않았다. 의사는 설명할 길이 딱 두 가지밖에 없다고 말했다. 하나는 수면병에 걸린 것이다(가능성이 지극히 낮은 이야기로, 수면병은 보통 무시무시한 체체파리가 퍼뜨리는데, 체체파리는 윈터 씨가 몇 주 전에 지도에서 가리켰던 곳, 그러니까 상당히 먼 곳에 서식한다). 아니면 소년은 그야말로 그냥 잠든 것이다. 이 경우에는 계속 지켜보면서 자연스럽게 잠들도록 내버려두는 수밖에 없었다.

처음 두어 주 동안은 방문객이 꾸준했다. 이모, 고모, 숙부들이 찾아와 소년을 들여다보고는 소년의 어머니를 위로했다. 이웃에서도 새로운 소식이 없는지 궁금해하며 문을 두드렸다. 어느 월요일에는 학교에서 조사관이 나왔다. 소년이 학교에 나오지 않는 것이 꾀병 때문이 아닌지, 소년이 어디서 빈둥거리며 놀고 있지나 않는지 알아보러 들른 것이었다. 잠에 빠져 있지 않았다면 소년은 지금쯤 아마 꼼짝없이 학교에 묶여 창밖이나 응시하다가 윈터 씨가 던진 분필의 표적이나 되었을 것이다.

한 달이 흘렀다. 소년의 부모는 이제 이 현실이 꿈이 아니라는 사실을 깨달았고, 잠자는 아이를 위한 하루 일과를

짜기 시작했다. 그들은 아침이면 소년의 몸을 왼편으로 눕혀놓았고, 오후가 되면 다시 오른편으로 눕혔다. 일주일에 두 번은 시트를 갈아주고 잠옷을 빨았으며, 매일 밤 창문을 열어 환기를 시켜주었다. 아들의 생기 없는 몸을 한 번씩 앉혀놓고 씻겨주기도 했으며, 수프를 떠서 입에 조금씩 넣어주기도 했다. 그들은 아들이 몸의 기능을 유지하기 위해 필요한 모든 일을 그럭저럭 처리해냈다. 소년의 체면을 좀 지켜주자는 차원에서 그게 무엇인지까지는 구체적으로 파고들지는 않겠다.

소년의 어머니와 아버지는 아들이 갑자기 깨어나 자신을 찾을 때를 대비해 적어도 둘 중 하나는 소년이 부르면 들을 수 있는 거리 안에 늘 있으려고 주의했다. 그리고 하루 일과가 끝날 때마다 아들의 침대 옆에 앉아 이야기를 나누었다. 여느 평범한 가족과 마찬가지로 그들은 소년이 언제든 잠에서 깨어나 함께할 수 있으리라는 듯 아들의 침대 옆에 앉아 두런두런 이야기를 나누었다.

세월은 소리 없이 흘렀고, 잠자는 소년의 전설은 국경을 넘어 나라 밖까지 퍼졌다. 일주일에 두세 번은 낯선 방문객이 찾아와 소년을 잠깐 들여다볼 수 있는지 물었다. 어떤 이들은 소년의 부모에게 자기 나라의 고유한 치유법을 알려주기도 했다. 그들은 그 방법을 쓰면 아들이 단숨에 깨어나 일어날 거라고 호언장담했다.

한편 초대도 하지 않았는데, 소년의 방으로 쳐들어가려던 사람이 딱 두 명 있었다. 어느 일요일 밤, 아랫동네에 사는 어린 쌍둥이 형제가 덜컹거리는 하수관을 타고 소년의 방에 잠입하는 데 성공했다. 소년의 어머니는 아래층에서 분주하게 일을 하고 있었다. 쌍둥이 형제는 소년이 정말로 잠을 자는 게 아닐 거라고 꽤나 확신하고 있었다. 그들은 자기들이 옳다는 것을 증명하기 위해 핀을 들고 올라왔다. 쌍둥이는 침대 발치에 앉아 소년이 덮은 이불을 젖힌 후, 그의 창백한 두 발을 뚫어져라 바라보았다. 그들은 서로 고갯짓을 했다. 그리고 소년의 발에 핀을 꽂았다.

그들은 소년이 눈을 번쩍 뜨고 펄쩍 뛰어오르리라 생각했다. 그러나 잠자는 소년은 미동도 하지 않았다. 핀을 빼내자 피가 두어 방울 배어 나오더니 발바닥으로 흘러내릴 뿐이었다. 쌍둥이는 자기들이 무슨 짓을 했는지 깨닫고, 또 소년이 얼마나 깊이 잠들었는지 알고는 불현듯 오싹해졌다. 둘은 계단을 마구 뛰어 내려가 길거리로 내뺐다.

장장 십 년이라는 세월 동안, 소년은 자기 방을 단 한 번도 나서지 못했다. 소년의 부모는 매일 아침 소년을 굴려 왼쪽으로 뉘어놓았고, 오후에는 오른쪽으로 뉘어놓았다. 그들은 소년에게 밥을 먹여주고, 목욕을 시켜주고, 머리카락을 빗겨주고, 함께 대화를 하려고 애썼다. 크리스마스나 생일 같은 날은 있지도 않은 듯 조용히 지나갔다.

소년의 입장에서 그 모든 시간 동안 가늠할 수 있었던 단 한 가지는 바로 어머니의 목소리뿐이었다. 그것도 간간이 들려오는 몇 마디뿐이었으며, 그나마 소리는 무엇엔가 가로막힌 듯 웅얼웅얼 하니 끔찍하게도 멀리서 들렸다. 소년은 고래 뱃속에라도 있는 듯 느껴졌다.

나머지 시간에 소년은 더없이 행복한 무지의 상태에 있었다. 그는 마치 자기 안에 자물쇠를 단단히 걸어놓은 것 같았다. 잠듦과 깨어있음이 뒤섞여 있는 듯한 느낌이 잠깐 들었던 그 고독한 순간만 빼놓고 소년은 너무나 행복했다. 그 무시무시한 고독의 순간에 소년은 자기가 어떻게 하면 의식의 세계로 돌아올지를 알지 못한 채 잠을 자고 있음을 깨달았다.

소년은 소리치며 도움을 구하고 싶었다. 주문을 깨기 위해 도와달라고 외치고 싶었다. 그러나 도움을 구하는 소년의 절규는 자고 있는 그의 몸 안에 깊이 갇혀 있었다. 그리고 또 다른 꿈이 휩쓸고 지나갈라 치면, 잠은 소년을 붙잡고 더 깊고 차가운 무의식의 세계로 끌어당겨졌다.

길고 더딘 동면이었다. 소년의 가련한 어머니와 아버지의 고단함은 이루 말로 표현할 수 없었다. 그들은 그들대로 늘 반쯤 잠든 상태로 허우적댔다. 머리칼은 갖은 근심으로 허옇게 센 지 오래였다. 그들이 꾸는 꿈은 고통과 공포로 가득했다. 그러나 평소와 별다를 것 없던 어느 일요일 아침, 마침내 그들의 고난이 종착지에 다다랐다.

소년의 어머니는 소년의 방에 들어와 조용히 주변을 정돈한 다음, 잠시 숨을 좀 돌리려고 침대에 걸터앉았다. 그녀는 전에도 수천 번 그랬던 것처럼 아들에게 말을 걸었다. 무엇이든 마음에 떠오르는 것이면 되는 대로 주워섬겼다. 앞으로 해야 할 일에 대해 말하고, 또 여름이 얼마나 느리게 돌아오는지에 대해서도 말했다. 그녀는 손가락으로 소년의 머리칼을 쓸어내리고 이마에 입을 맞추었다. 그리고 아들의 잠자는 얼굴에 제 뺨을 가져다댄 후, 눈을 감은 채 소년에게 몇 마디인가 속삭였다. 소년의 눈꺼풀이 경련하듯 가볍게 파르르 떨리는 걸 뺨으로 느낀 건 그녀가 소년의 머리카락 냄새를 맡고 있을 때였다. 깜짝 놀라 뒤로 물러나자 눈을 크게 뜬 아들이 그녀를 올려다보고 있었다.

그녀는 거의 부르짖다시피 소년의 아버지를 불렀다. 아

버지는 이웃 동네 쌍둥이가 계단을 내려갔을 때보다 더 빠른 속도로 계단을 뛰어 올라왔다. 그와 아내는 함께 앉아 아들을 빤히 쳐다보았다. 소년은 가만히 누운 채 눈을 깜빡이며 사방을 두리번거리고 있었다. 그는 마치 아무도 모르는 어떤 해안가로 밀려온 것 같은 표정을 하고 있었다.

소년이 정신을 그러모으는 데는 시간이 걸렸고, 첫 말 한마디를 끼워 맞추기까지는 그보다 훨씬 더 오래 걸렸다. 소년은 입을 벌렸다. 그러나 그의 목구멍은 마른 고사리처럼 퍼석하게 말라 있었다.

"잠을 자고 있었나 봐요." 소년이 잔뜩 갈라진 목소리로 말했다.

소년은 필사적으로 몸을 일으키려고 했지만, 모든 근육이 너무나 약해져서 완전히 힘을 잃어버린 상태였다. 아버지가 한쪽 팔로 소년의 어깨를 둘렀고, 어머니는 다른 한쪽 어깨를 맡았다. 그렇게 그들은 가까스로 소년을 일으켜 세웠다. 소년은 휘청거리며 걷는 동안 전에 없이 묘한 감정을 느꼈다. 부모님이 쪼그라드느라 바빴던 게 아니라면 자신이 너무나 많이 자란 것 같았다.

그가 열 살에서 스무 살 사이의 다른 소년들보다 유별나게 많이 자란 것은 아니었다. 잠에 빠졌을 때 소년의 키는

140센티미터였지만, 깨어났을 때 그의 키는 189센티미터가 되어 있었다. 소년은 창틀에 기대 십 년 전에 마지막으로 보았던 세상을 내다보았다. 새들이 노래하고 있었다. 구름이 천천히 하늘을 가로지르고 있었다. 소년은 몸을 돌려 다시 침대로 향했다. 침대로 돌아가는 길에 소년은 거울을 지나치게 되었다. 웬 청년이 어머니, 아버지의 어깨에 의지해 서 있는 모습이 보였다. 소년은 몹시 놀라서 청년을 응시했다. 청년도 마찬가지로 소년을 응시하며 서 있었다.

소년이 일어났다는 소식이 알려지자, 그간 소년의 회복을 빌어온 사람들의 행렬이 저 길 끝까지 이어졌다. 그리고 소년이 마침내 혼자서도 밖에 나갈 수 있을 만큼 기력을 회복했을 때 사람들은 소년에게 달려와 손을 잡아 흔들면서, 언젠가는 깨어나리라는 사실을 의심해본 적이 없다고 말해 주었다.

기운을 완전히 되찾았을 때, 소년은 학교로 돌아가 학업을 마치리라 마음먹었다. 아이들은 자기 반에 키 큰 청년 하나가 앉아 있다는 사실에 신이 나서 어쩔 줄을 몰라 했다. 처음 며칠 동안 아이들은 소년에게 눈을 떼지 않았다. 소년이 또 고개를 꾸벅이지 않는지 확인하기 위해서였다. 그러나 어느 정도 지나자 아이들은 그와 함께 있는 것에 익숙해졌고, 소년을 다른 아이들과 다를 바 없이 대하기 시작했다.

윈터 씨는 두어 해 전에 이미 은퇴를 했다. 그는 이제 너무 늙어서 아무리 분필을 던져도 누구 하나 제대로 맞히지 못하게 된 터였다. 그리고 헤이스라는 젊은 여자가 그 자리를 대신했다.

헤이스 양은 소년과 비슷한 연배였다. 소년의 부모는 아들에게 그 여선생에게 데이트 신청을 하면 어떻겠느냐고 했다. 그러나 선생에게 데이트 신청을 하는 것은 어딘가 바람직하지 않은 일 같아서, 소년은 시도조차 하지 않았다.

두 학기 정도를 보내고 나서, 소년은 학교에 계속 다니겠다는 생각을 접고 근처 농장에 일자리를 얻었다. 소년은 남은 인생을 그곳에서 일하며 보냈고 아주 오래 살았다. 그러나 그가 행복했다고 말한다면, 그건 사실이 아니다. 소년은 아주 많은 날을 풀죽어 지냈다. 그는 닫힌 방 안에 있는 것을 싫어했고, 어둠을 두려워했으며 여름이면 눈을 들어 별을 바라볼 수 있는 정원에 나가서 잠을 잤다.

너무나 자주, 그는 어른의 몸속에 갇힌 아이가 된 듯했다. 사람들 앞에서 수줍어 쩔쩔매기도 했고, 무언가 말을 해야 하는 상황에서 적절한 단어를 찾지 못해 안절부절못했다. 그리고 밤이 되어 눈을 감을 때마다, 소년은 혹시 기이하고 깊이를 알 수 없는 잠이 또다시 자기를 기다리고 있는 것은 아닌지, 고래 뱃속에 있는 듯했던 그 끔찍한 경험을 다시 되풀이해야 하는 것은 아닌지 불안해하는 것이었다.

뼈 모으는 소녀

The girl who collected bones

인간은 누구나 땅 파는 걸 좋아한다. 그것은 인간의 본성이다. 우리는 손을 더럽히는 것을 좋아하고, 땅속에서 무슨 일이 벌어지는지 알고 싶어한다. 무덤 파는 일꾼이나 고고학자, 정원사들은 모두 전문적으로 땅을 파는 사람들이다. 그들이 태평하고 낙천적이며, 일하는 시간에 언제나 딱딱 맞추어 나타나는 이유는 따로 있는 게 아니다.

기네스 젠킨스도 다른 사람과 마찬가지로 땅 파기를 좋아했다. 그녀는 고어 반도에 있는 자그마한 집에서 살았다.

고어 반도는 사우스 웨일스에서 브리스톨 해협으로 가는 길에 자리한 곳인데, 실톱의 톱날처럼 생긴 작은 땅덩어리였다. 기네스에 따르면, 고어에 사는 이유는 무수히 많지만 그중 가장 큰 이유는 바다 가까이에 있다는 점이었다. 그녀는 거의 매일 문 앞 계단에서부터 밀려오는 소금 냄새를 맡을 수 있었으며, 집 근처 언덕 기슭을 오르면—일주일에 두세 번씩은 습관 삼아 하는 일이다—아래로 펼쳐진 깊고 푸른 만을 볼 수 있었고, 꼭대기에 이르면 반대편으로 더 큰 물줄기를 볼 수 있었다.

사월 초 어느 날, 그녀는 커다랗고 을씨년스러운 언덕에 앉아서 최근 자기에게 일어난 몇몇 일을 생각하고 있었다. 너무나 골똘히 생각에 잠겨 있었기 때문에 스스로 의식하지는 못했지만, 그녀는 부츠 뒤축으로 아주 결연하게 땅을 파고 있었고 그 바람에 풀이 떨어져나가기 시작했다.

그녀의 발아래로 어둡고 습한 땅이 누덕누덕 모습을 드러냈다. 기네스는 발짓을 멈추었다. 흙이 마치 속살처럼 드러났다. 여느 또래 여자아이들처럼 건전한 호기심을 지닌 기네스는 부츠 뒤축으로 계속 땅을 파보기로 했다.

10센티미터 가량 파 내려갔을까. 그녀는 회색빛 평평한 돌을 발굴했다. 한쪽 가장자리가 날카로운 돌의 모양은 꽤

멋졌다. 기네스는 돌을 집어들고 흙을 털어냈다. 모양이 참 근사한 돌이었다. 그녀는 날카로운 가장자리가 아래로 향하게 돌을 두 손으로 꽉 쥔 다음, 다시 땅을 파기 시작했다. 그리고 5분쯤 지났을까, 그 평평한 돌로 언덕에 어지간한 크기의 구덩이를 파냈다.

기네스는 돌을 한쪽으로 치우고 어두운 땅 밑을 들여다보았다. 향긋한 흙냄새가 풍겨왔다. 땅 밑에는 이리저리 배배 꼬인 오래된 뿌리들과 작은 돌이 여기저기 흩어져 있었다. 발이 여럿 달린 갖가지 벌레도 눈에 띄었는데, 오랫동안 태양빛을 보지 못한 탓인지 숨을 곳을 찾느라 허둥지둥하고 있었다.

기네스는 구덩이 벽에 뭔가 하얀 것이 붙어 있는 것을 발견했다. 그녀는 그것을 손으로 잡아 떼어낸 후 닦아서 요모조모 검사를 해보았다. 하얀 물체는 길고 가느다란 뼈였다. 길이는 10센티미터 가량 되었는데, 모양은 구두주걱 같아 보이기도 했고 해변으로 밀려온 맛조개 껍질 같기도 했다. 촉감은 차가웠고 홈집투성이에 비스킷처럼 퍼석퍼석 말라있었다. 기네스는 그 뼈가 수백 년, 아니 수천 년 동안 땅 밑에 있었던 데는 수만 가지 이유가 있을 것이라고 생각했다.

"고단하게 늙은 뼈." 기네스는 그렇게 중얼거리며 한동안 뼈를 가만히 쳐다보았다. 잠시 후 기네스는 몸을 일으키고 뼈를 주머니에 넣어 언덕을 내려왔다.

집에 돌아온 기네스는 땅을 파기 위해 삽 대신 이용했던 그 평평하고 날카로운 돌을 정원 속 긴 풀숲 사이에 넣어두었다. 그곳은 기네스가 여기저기를 돌아다니면서 수집해온 각종 물건을 숨겨놓는 곳이었는데, 집 안에 들여놓기에 너무 크거나 비위생적인 물건을 쌓아두기 위한 것이었다. 하지만 기네스는 그 작은 뼈만큼은 재킷 주머니에 넣고 한 주가 다 되도록 어딜 가나 지니고 다녔다. 교회에서 성가를 부를 때든, 수업시간에 선생님 말씀을 들을 때든, 기네스는 언제나 재킷 주머니 속에 손을 깊이 꽂은 채 뼈를 쥐고 있었다. 그리하여 성가를 부르고 선생님 말을 듣는 것처럼 보일 때에도, 그녀의 일부는 주머니 속 깊은 곳에서 손바닥으로 작은 뼈의 온기가 식지 않도록 하고 있었다.

뼈를 수집하겠다고 일부러 마음먹은 것은 아니었다. 기네스는 돌아오는 일요일에 또다시 언덕을 오르게 되었고, 어쩌다 보니 전에 땅을 파는 데 썼던 그 돌을 가지고 갔다. 그리고 그곳에서 작은 돌을 하나 발견했다. 이끼가 끼어 있는 돌은 꽤 흥미롭게 생긴 것이었다. 기네스는 돌의 크기를 가늠해본 후, 자리에 앉아서 양 발로 돌을 앞뒤로 밀고 잡아

당겼다. 조금씩 흔들리기 시작한 돌이 마침내 땅에서 빠져나왔다.

돌을 떼어낸 자리는 징그럽게 흐물흐물 기어다니는 벌레로 가득했다. 기네스는 벌레들을 다른 한쪽으로 몰아놓고, 손가락을 구부려 그 자리를 두드려보았다. 흙은 단단하게 다져져 있었는데, 그렇게 무거운 돌이 이제껏 누르고 있었으니 그럴 만도 했다. 기네스는 잔디 위에 책상다리를 하고 편안한 자세로 앉은 다음, 땅 파는 돌을 꺼내어 마치 동굴 탐험가의 딸이라도 되는 듯 땅을 파헤치기 시작했다.

이번에는 지난번보다 시간이 좀더 걸렸다. 하지만 기네스는 포기하지 않고 꾸준히 땅을 팠고, 그로부터 다시 5분에서 십 분을 더 파자 두 개의 작은 뼛조각이 보였다. 세 번째 뼈는 구부러진 모양을 하고 있었는데 아주 큰 뼈의 일부분인 듯 보였다. 그러나 너무 오래되고 닳아서 정확히 뭐라고 말하기는 어려웠다.

기네스는 두 번째 채굴에 나선 날 막바지에 새로 발견한 뼈 세 개를 개울로 가져가 얼음처럼 차가운 물에 담갔다. 물로 더러운 물질을 깨끗이 씻어낸 후 뼛조각을 손수건 위에 올려놓고 말렸다. 그리고 요전 날 발견했던 뼈를 꺼내어 세 개의 뼈 옆에 나란히 놓고는 손수건을 접어서 집으로 가져왔다. 수건으로 감싼 뼛조각 네 개는 아마포 주머니 속에서 나무 빨래집게처럼 덜거덕 소리를 내며 서로 부딪쳤다.

같은 주에 기네스는 뼈를 찾아 두 번 더 언덕을 올랐다. 머지않아 언덕에 갈 때마다 찾아낸 뼈는 주머니로 나르기에는 너무 많아졌다. 때문에 기네스는 정원 헛간 뒤에 숨겨 놓은 철 바구니를 써야 했다. 이제 기네스는 어디서 뼈를 찾을 수 있는지 요령을 터득한 듯했다. 어떤 때는 아무 곳이나 멈춰 서서 땅 파는 돌로 파 내려가다 보면 얼마 가지 않아 뼛조각 두어 개를 발굴하기도 했다. 물론 그냥 어쩌다 보니 뼈가 가득 묻혀 있는 언덕을 알게 된 것인지도 모른다. 하지만 기네스는 무작정 몇 킬로미터를 걸어다니면서 문득 발굴 장소를 찾아내기도 했다. 그녀는 그냥 지나쳐버린 곳에는 뼈가 없다는 것을 잘 알고 있었다. 그러니 뼈도 없는데 멈출 이유가 없었다.

그렇게 두어 주가 지났을 때 기네스는 상당량의 뼈를 모았고, 그중 작은 뼛조각으로는 목걸이도 만들 수 있었다. 작은 뼛조각에 구멍을 내 이어 붙인 목걸이는 그야말로 원시적인 모양이었다. 기네스는 이틀 동안 아무도 모르게 셔츠 아래로 목걸이를 차고 다니면서 피부에 맞닿아 있는 뼈의 감촉을 하루 종일 느꼈다. 딱 한 번 들통이 날 뻔했는데, 매딩리 부인이 그녀의 어머니를 만나러 집에 들렀을 때였다. 우람한 덩치에 수다스러운 매딩리 부인은 기네스를 보자마자 힘차게 포옹을 했다. 기네스는 자기 몸이 다 죄어지는 느낌이 들었고, 둘의 몸 사이에서 뼈로 만든 목걸이가 눌리면서 크나큰 고통을 느껴야 했다. 매딩리 부인은 포옹을 풀고 나서 기네스의 어깨를 가볍게 두드려주었지만, 걱정스러운 눈빛은 감출 수 없었다.

'애가 뼈밖에 안 남았네'라고 생각하는 듯했다.

몇 주 후, 기네스는 마지막 채굴작업을 했다. 마지막으로 파낸 뼈는 나무 수저 대가리처럼 얄팍하고 둥글었다. 마지막 날의 발굴 작업은 시작했던 때와 마찬가지로 신속하게 끝났다. 뼈가 한 양동이 가득 모였고, 그 정도면 충분한 듯했다. 그녀는 뼈가 더 필요하다면 다른 곳에서도 얼마든지 발굴할 수 있었다.

하지만 기네스는 채굴 작업을 하는 내내 뼈들이 어디에서 왔는지에 대해서는 전혀 신경 쓰지 않았음을 깨달았다. 양의 뼈일 수도 있고, 토끼의 뼈일 수도, 심지어 선사시대의 유물일 수도 있었다. 그러나 뼈가 누구의 것인지는 특별히 중요하지 않았다. '뼈는 뼈야.' 기네스는 생각했다.

이제 기네스에게는 뼈가 넘치도록 있었다. 그녀에게는

매일 저녁 뼈가 든 양동이를 들고 언덕을 오르는 새로운 습관이 생겼다. 다른 사람들이 개를 산책시키는 것과 비슷한 습관이었다. 어느 목요일, 그녀는 방과 후에 뼈가 든 양동이를 들고 언덕 높은 곳에 앉아 아래로 흐르는 물을 내려다보고 있었다. 날씨는 꽤 따뜻했고, 기네스는 별 생각 없이 뼈를 한 줌 쥐고 바닥에 조심스럽게 늘어놓기 시작했다. 큰 뼈는 위쪽에, 그보다 작은 뼈는 아래쪽에 놓았다. 그러고 나서 곧은 뼈는 양 옆에, 굽은 뼈는 가운데 늘어놓았다.

다음날에도 기네스는 비슷한 방식으로 뼈를 늘어놓으며, 뼈의 끝과 끝을 이어서 뉘어놓기도 했다. 그 다음날은 완전히 다른 배치로 뼈를 펼쳐놓았다. 배치를 끝낼 때마다, 그녀는 뒤로 물러서서 그 모양을 관찰하기도 했다.

일요일에는 뼈들을 주욱 늘어놓고 가운데를 비웠다. 그러고는 뒤꿈치를 들고 그 안으로 조심스럽게 들어가 풀밭에 몸을 뉘었다. 아직 지지 않은 해가 뺨을 따스하게 어루만지고 있었고, 기네스는 뼈들 사이에 누워서 자기 몸속에 있는 모든 뼈에 대해 생각했다. 팔 뼈, 흉곽 뼈, 손과 발에 있는 작은 뼈 등. 또 피부와 살이 없이 뼈만 있다면 어떻게 될까, 바람과 머리 위를 끝없이 흘러가는 구름은 어떻게 느껴질까 상상했다. 좋은 느낌일까? 아니면 아예 느낌이 없을까,

기네스는 궁금했다.

두 달 전에 기네스는 할아버지를 찾아간 적이 있었다. 할아버지는 자기가 가장 애용하는 안락의자에 앉아 있었지만, 어쩐 일인지 영 편안해 보이지가 않았다. 그는 의자에 앉아 있는 동안 몸을 비틀고 돌려 앉기를 반복했다.

기네스가 아기였을 때, 할아버지는 그녀가 탄 유모차를 끌고 상점에 가거나 이모를 만나러 다녔다. 어떤 때는 그녀를 데리고 바다에 나가 헤엄을 치기도 했다. 그녀의 할아버지는 별난 생각을 하는 별난 사람이었다. 그리하여 기네스는 할아버지에게는 그 어떤 것을 상의해도 진지하게 들어주리라는 것을 알고 있었다.

그런데 지난번 방문했을 때, 그는 마치 이제 다시는 회복할 수 없을 것처럼 불편한 몸을 하고 있었다. 할아버지는 서 있는 기네스를 올려다보며 고개를 절레절레 흔들었다.

"이 닳아빠진 늙은 뼈들 같으니." 그가 말했다.

기네스의 할아버지는 그로부터 이틀 후 세상을 떴다. 기네스는 그를 다시는 볼 수 없었다. 어머니가 소식을 전했을 때 기네스는 울음을 터뜨렸다. 그녀는 하루 종일 울었다. 가끔 가까스로 눈물을 그치기도 했지만, 언제나 자기를 기다려주던 할아버지가 돌아가셨다는 사실을 이내 떠올리고는 언제 끝날지 모르는 울음을 터뜨렸다.

기네스의 어머니는 때가 되면 딸이 할아버지가 떠나고 없다는 사실에 익숙해지리라고 믿었다. 그러나 엄마에게 말했듯이, 그녀는 그런 일 따위는 익숙해지고 싶지 않았다. 기네스가 원하는 것은 오로지, 할아버지가 돌아오는 것뿐이었다.

그러나 지금, 자기가 모은 뼈들 사이에 누워서 자신의 팔과 가슴, 손과 발에 들어 있는 뼈에 대해 생각하는 동안, 기네스에게는 할아버지가 죽고 나서 한동안 느꼈던 것과는 꽤 다른 느낌을 느끼기 시작했다.

기네스는 하늘 위에 떠 있는 저녁 해와 그녀를 어루만지고 지나가는 산들바람을 느꼈다. 그녀는 저 하늘 위에서 보면 자기와 자기가 모은 뼈가 어떻게 보일까 머릿속으로 그려보았다. 그녀는 일어나 앉아야겠다고 생각했고, 그리고 멀지 않은 곳에 서있는 할아버지를 보았다. 그녀의 늙은 할아버지가 그저 그렇게 거기 서서 그녀를 마주 바라보고 있었다.

그것은 기네스에게 놀라운 일도, 두려운 일도 아니었다. 기네스는 이미 할아버지를 그곳에서 찾을 수 있을 거라고 믿었다. 그리고 한동안, 그녀는 할아버지를 우두커니 바라보면서 그에 대해 생각했다. 그리고 결국 다시 누웠다.

기네스는 뼈들 사이에 누워 다시 몇 분간 햇빛과 바람을 느꼈다. 그러고 나서 자리를 털고 일어나 뼈들을 챙겨 언덕을 내려갔다. 돌아오는 토요일, 그녀는 양동이 하나 가득 든 뼈를 들고 길을 나서서 적당하다고 느껴지는 장소에 그것들을 묻었다. 그리하여 그 뼈들은 어떤 사람에게라도 필요할 때면 언제든지 불려갈 대비를 하며 그곳에서 기다리고 있는 것이었다.

외계인 납치사건

Alien abduction

하루 종일 책상 앞에 앉아 있기란 여간 고역스러운 일이 아니다. 집중하는 척하는 데도 한계가 있다. 4B반 아이들은 덥고 지겨운 나머지 좀이 쑤셔 견디지 못할 지경이 되었다. 수업이 끝났다는 종이 울리려면 아직도 20분은 족히 남아 있었다.

시어도어 거치는 모건 선생 뒤에 걸린 벽시계를 바라보고 있었다. 초침이 시계를 느릿느릿 훑으며 돌다가 마침내 숫자 12에 다시 도달했다.

'이제 스무 번만 더 돌면 돼.' 시어도어는 마음을 다잡았다. '그럼 난 자유의 몸이 되는 거야. 뭐든지 마음대로 할 수 있는 자유의 몸.'

시어도어는 정신을 팔 만한 게 뭐 또 없을까 두리번거리며 교실을 쭉 둘러보았다. 숨을 참고 벽에 박힌 압정을 세 보면 어떨까? 며칠간 제법 고심한 끝에 떠오른 방법이었다. 하나 더 있다. 교실 창문을 통해 들어와 자신의 왼편에서 문득 번쩍이는 섬광. 시어도어는 그 빛이 성가시기는커녕 무척 재미있었다. 분명 누군가 건너편에서 창을 열다가 우연히 생긴 현상이리라. 저쪽 창문이 열릴 때 햇빛이 순간적으로 쇠 경첩에 부딪히면서 빛이 반사된 것이다. 시어도어도 그것이 가장 일리 있는 이유이리라는 것은 알았다. 그러나 지난주에 화성인들의 군대가 미국의 작은 마을을 침공해 쑥대밭을 만들어놓았다는 이야기를 읽은 터였다. 그 특별한 수요일 오후의 나머지 시간에는 딱히 즐길 일도 남아 있지 않았다. 그러니 그 섬광이 로어폴드 공원 놀이터에 외계인 우주선이 착륙하면서 빚어낸 눈부신 빛이 교실까지 전해진 것이라고 믿지 말라는 법도 없지 않은가? 시어도어가 그런 생각에 이르기까지는 그다지 오래 걸리지 않았다.

모건 선생이 무슨 얘기를 하건 간에 외계인 침략사건보

다 더 흥미로울 수는 없었다. 가끔은 모건 선생조차 자기가 하는 수업을 지루해하는 것 같았다. 시어도어는 교실을 슬쩍 둘러보았다. 건너편에 앉은 로버트 피너가 눈에 들어왔다. 로버트는 손금을 들여다보면서 자기가 앞으로 얼마나 더 살 수 있을지 연구 중이었다.

시어도어는 공책 한 장을 북 찢어서 몇 글자 휘갈겼다. "화성인을 가득 태운 우주선……." (철자도 틀렸건만 어쨌든) "방금 로어폴드 공원 상륙."

책상으로 날아든 종이비행기 탓에 로버트 피너의 명상은 화들짝 깨졌다. 그는 움찔하며 뒤를 돌아보다가 자기를 쳐다보고 있는 시어도어 거치와 눈이 마주쳤다. 당장 머리통에서 눈알이 튀어나올 듯한 표정이었다.

시어도어는 턱짓으로 종이비행기를 가리켰다. "풀어봐." 그가 쉬쉬하며 말했다. 로버트는 앞에 앉은 아이(하우 바커라는 아이인데, 뒤에 숨기에 딱 좋게 살집이 좋았다)의 등 뒤에 고개를 파묻고 접힌 종이비행기를 풀었다. 종이에 적힌 메시지를 읽은 로버트는 무슨 소리냐는 듯 눈살을 찌푸리더니, 이제는 자못 진지하게 고개를 끄덕이고 있는 시어도어를 쳐다보았다.

"진짜라니까." 확신에 찬 나머지 시어도어의 언성이 높아졌다. 그 바람에 모건 선생은 하던 말을 끊고, 시어도어에게 수업에 방해가 되니 잡담을 삼가는 것이 좋겠다고 말했다.

소문이란 원래 빨리 퍼지는 법이다. 게다가 외계인이 침공했다는데야! 지겨워서 눈물이 찔끔 날 만큼 늘어져라 하품을 해대는 아이들로 가득 찬 교실은 소문이 퍼지기에는 최적의 장소였다. 이제 모건 선생이 칠판 쪽으로 몸을 돌릴 때마다 교실 안은 한바탕 광풍이 일었다. 시어도어가 처음에 쓴 것을 비롯한 쪽지 몇 개가 책상과 책상 사이를 맹렬히 날아다녔다. 심지어 "외계인 수는 이백오십 명"이라고 단언해놓은 쪽지도 있었다.

콜린 벤슨은 널따란 수직안정판 위에 놓인 뾰족한 로켓을 그리고 있었다. 그는 외계인이 어떻게 생겼는지 상상해보았지만, 머리와 팔을 어떻게 그려야 할지 몰라 크게 낙심한 채 그냥 되는 대로 휘갈겨버렸다. 그 모습은 흡사 전파방해를 받아 지지직거리는 텔레비전 화면 같아 보였다.

종이 울리려면 아직 5분이 남았지만, 4B반은 집단 히스테리에 가까운 상태에 휩싸여 있었다. 맨디 쇼는 너무도 떨린 나머지 오줌이라도 지릴 것 같았다. 배리 마스든은 책상 모서리를 어찌나 꽉 쥐고 있었던지, 손가락 마디마디가 새하얗게 될 지경이었다. 한두 명쯤은 외계인의 방문을 아주 좋지 않은 징조로 받아들였다. 나머지 아이들은 그저 동네 감자칩 공장이 화재로 날아가버린 이래 가장 흥미진진한 사건이 터졌다며 신나했다. 시어도어의 보고가 백 퍼센트 확실한지를 두고 속으로 의심하는 아이들도 있었지만, 어쨌든 종만 울리면 쏜살같이 공원으로 달려가 외계인 우주선을 두 눈으로 직접 확인하리라 벼르는 마음만큼은 한결같았다.

마지막 몇 분은 팽팽한 긴장의 도가니 속이었다. 모건 선생도 뭔가 심상찮은 일이 들끓어오르고 있음을 직감했다. 교실 전체가 알 수 없는 기대감으로 술렁였고, 모든 아이들이 뭔가 진귀한 장면이 벌어질지 모른다는 듯 일제히 창밖을 흘끔거리고 있었기 때문이다.

'결투라도 벌어지려나.' 모건 선생은 생각했다. 아이들의 사소한 싸움이라면 그도 꽤나 즐기는 편이었다. 그는 지나가다가 싸움에 끼어들어 아이들을 제압하는 게 재미있었다. "그만들 해, 이제 떨어지라구"라고 말하며 들러붙어 있는 아이들을 떼어놓는다. 하지만 학교 운동장에서는 일 년 넘게 싸움 한 번 벌어지지 않은 터였고, 무슨 일이냐고 물어보는 것도 소용없는 짓이었다. 아이들은 그에게 그 어떤 것에 대해서도 입을 열지 않기 때문이다.

종이 울리는 순간, 아이들은 자리를 박차고 복도로 달려갔다. 가다가 마주치는 다른 반 아이들에게도 화성인 침공 소식을 아는 대로 낱낱이 퍼뜨렸다. 소문을 들은 다른 반 아이들도 대열에 합류하기 시작했다. 덕분에 계단은 우르르 몰려온 아이들로 북새통을 이뤘고, 동작이 굼뜬 아이들도 무리에 뒤엉겨 한낮의 땡볕 속으로 쏟아져 나왔다.

무리는 공원에 집결했다. 왁자지껄하게 잔디볼링장을 지나쳤고, 쿵쾅거리며 두 개의 텅 빈 테니스장 사잇길을 서로 질세라 빠져나갔다. 장미정원을 거쳐 오리연못을 끼고 돌아 마로니에 가로수 아래를 지나면서, 아이들은 저 너머에서 은빛 찬란한 우주선이 보이리라 기대했다.

아이들이 저마다 상상하는 우주선의 모습은 제각각이었다. 조용히 증기를 뿜어대는 거대한 로켓도 있었고, 공원 시멘트 바닥에 해치를 내리고 우아하게 착륙하는 어마어마한 은색 비행접시도 있었다. 그네를 타거나 회전기구 위에서 노는 외계인의 모습도 있었다. 마침내 놀이터에 도착했을 때, 그들은 아무것도 볼 수 없었다.

외계인은커녕 그 어떤 곳에서 온 생명체도 보이지 않았다.

아이들은 못 박힌 듯 천천히 멈춰 섰다. 무시무시한 정적만이 얼마간 주위를 맴돌았다. 그리고 이어지는 실망감, 언제 분노로 폭발할지 모를 그런 실망의 목소리들이 터져 나왔다. 마침내 한 아이가 입을 열었다.

"다 어디로 간 거야?"

무리가 또다시 침묵으로 빠져들었다. 그런데 조금 있다가 좀더 큰 아이가 나서서 외쳤다. "누군가 데려간 게 틀림없어." 그러고는 좌중이 제 말을 이해하지 못했을까봐 걱정됐는지 다시 덧붙였다. "누군가 외계인들을 납치한 거라고!"

못마땅한 웅성거림이 무리 사이를 휩쓸고 지나갔다. 아이들이 도대체 누가 외계인을 유괴한 건지 옥신각신하고 있는데, 그때 갑자기 말썽이라고는 지금껏 한 번도 피운 적이 없던 한 여자아이가, 손나팔을 불며 이렇게 외쳤다.

"모두 시청으로 가자!"

우왕좌왕하던 아이들이 가장 반길 만한 제안이었다. 시청이라면 불만을 읍소하기에 가장 좋은 장소처럼 느껴졌거니와, 그게 아니어도 이미 버럭로 떼마냥 우르르 몰려다니는 데 재미를 붙인 아이들은 어디든 무리 지어 몰려가는 것만으로도 신이 났기 때문이다.

그리하여 아이들은 처치 스트리트 한가운데를 다 차지하고 함성을 지르며 걸어갔다. 지나던 어른들로서는 생전 처음 보는 광경이었다. 운전자들은 고래고래 소리를 지르며 웃고 까불며 차 사이를 지나가는 아이들 때문에 인도로 비켜나 차를 세워야 했고, 모퉁이의 과자가게 주인은 대규모 꼬마 돌격대의 출현을 목도하고는 아예 가게 문을 닫고 블라인드까지 내려버렸다.

아이들은 5분이 채 안 되어 시청 앞에 당도했다. 그러나 아이들의 분노에 찬 외침은 권력의 견고한 회벽을 마주하고는 이내 잦아들고 말았다. 몇몇은 모험이 이대로 끝나버리는 건 아닐까 조마조마해했다. 모험에서 패배하고 낙심한 채 집으로 힘없이 돌아가는 자신들의 모습이 그려졌다. 그때, 아까 공원에서 부대를 선동했던 여자아이가 다시 한 번 외쳤다.

"시장을 만나게 해달라!"

순간, 무리 전체가 구호를 외쳤다.

"시장 나와라, 시장 나와라."

아이들에게는 꽤 흥분되는 일이었고, 나머지 사람들에게는 위협적인 상황이었다.

사실 시장이 어떻게 생긴 사람인지 희미하게라도 아는 아이는 무리 중 한 명도 없었다. 청사 안에서 창밖을 유심히 살피던 직원 중 아무나 내려와 시장 행세를 한다고 한들, 아이들은 누가 누군지 알 리 만무했다. 하지만 그때, 커다란 덩치에 양복을 쫙 빼입은 중년 사내가 뭔가 대단한 일을 하는 사람인 양 거드름을 피우며 집무실 발코니에 나타났다. 그의 얼굴에는 이미 '나 시장이오'라고 써 있었다. 시장은 다급하게 아우성치는 아이들 앞에서 번지르르한 환영인사를 늘어놓았다.

구호를 외치는 소리는 거의 멈추었지만, 선동은 군데군데서 여전히 들려왔다. 시장은 아이들의 얼굴로 가득한 현장을 확인하고는, 분위기를 가라앉히려고 다독거렸다.

그는 어안이 벙벙해 있었다. 삼 년 전 시장 자리에 오를 때까지만 해도 이런 사태는 염두에 두지 않았다. 그의 하루 일과는 쓰레기나 신호등과 관련한 회의를 하거나, 지역 조간신문에 게재될 사진을 찍고 후원자를 만나는 일이 대부분이었다.

시장은 얼추 질서를 잡아갈 때까지 분위기를 추슬렀다. 그러고는 카랑카랑하고 힘 있는 목소리로 모든 아이들이 들을 수 있도록 외쳤다.

"여러분, 왜들 이러고 있나요?"

뿔테 안경을 쓴 비쩍 마른 소년이 외쳤다.

"외계인을 어디 숨겨놓은 거예요?"

곧이어 다른 아이들이 비슷한 질문을 이어갔다.

"맞아요, 어디 있어요?"

"외계인들한테 무슨 짓을 한 거죠?"

조금 전에 동네 꼬마들이 면담을 요구한다는 소리를 들었을 때만 해도, 시장은 학교 급식이 맛없었다거나 형편없는 놀이터에 관한 불만을 토로하러 왔을 거라 생각했었다. 하지만 막상 발코니에 나와 이야기를 들었을 때, 그는 잠시 정신이 아득했다.

"외계인이라니?" 그가 마침내 입을 뗐다.

불난 집에 기름을 끼얹기로 이보다 적당한 말이 없었다. 한숨 돌릴 새도 없이 일제히 야유가 터져 나왔다. 아이들은 시장이 거짓말쟁이라느니, 완전히 뚱보라느니, 대머리라는 둥 대놓고 인신공격을 쏟아내기 시작했다. 소요가 계속되는 동안 어디선가 솔깃한 발언이 터져 나왔다.

"은폐하려는 거야!"

아이들이 하고 있던 생각을 집약적으로 보여주는 한마디였다. 그들은 외계인 같은 것은 이 세상에 있지도 않다며 부정하는 시장에게 실망하면서, 이내 막후에 뭔가 음흉한 흉계가 있을 거라는 의심으로 돌아섰다. 시장이 손을 들어 올리며 주의를 끌려고 했지만, 어떤 사탕발림이나 조용히 하라는 신호등도 무리의 동요를 잠재울 수 없었다. 결국 시장은 청사 안의 안전지대로 일단 몸을 피한 후에 보좌관들과 사태를 의논해보기로 했다.

아이들이 생각하기에 사실은 그보다 더 단순할 수가 없었다. 외계인들이 체포된 게 아니라면, 우주선이 착륙을 시도했다가 실패하고 다시 날아가버렸다는 얘기일 수도 있었기 때문이다. 이 두 가지가 설명할 수 있는 사실의 전부이다. 거기다가, 어찌됐든 시청의 높으신 양반들이 돌아가는 사정을 모를 리 없는데도 오리발을 내민다는 것은, 까놓고 말해 자기들을 무시하는 처사였다. 외계인들이 마을에 상륙했고 그들과 나눈 대화 내용이 철저하게 베일에 가려져 있음에도, 시청 사람들은 어린 시민들의 자발적인 봉기와 진실을 말해달라는 요구를 묵살하고 있었던 것이다.

부랴부랴 시장이 물러나자 아이들은 작은 승리감에 도취되었고, 한층 신이 나서 서로 다독이며 발을 구르고 구호를 외쳤다. 시어도어 거치도 무리 속에 깊숙이 섞여 손뼉을 치며 함께 소리를 질러댔다. 시어도어는 평생 최고의 순간을 만끽하고 있다. 그는 주변을 돌아보며 생각했다.

'그러면 그렇지. 외계우주선에서 나온 빛인 줄 알았단 말이야. 그게 아니라면 우리가 여기 이렇게 모여 있을 이유가 없잖아?'

아이들은 이제 상황에 완전히 몰입했고, 분위기는 짜릿하고도 말로 표현할 수 없는 방향으로 무르익어 갔다. 그때였다. 샌드라 워드라는 여덟 살짜리 소녀의 머릿속에 문득 하나의 생각이 스쳤다. 바이올린을 켤 줄 알며 여덟 살의 나이에 벌써 4학년 진급을 앞두고 있는 샌드라는 요 며칠 동안 음악 선생님을 보지 못했다는 것을 생각해냈다. 샌드라가 보엔 선생을 생각하게 된 것도 우주선에 관한 그 모든 이야기 때문일 것이었다. 게다가 샌드라는 꽤 쉽사리 흥분하는 소녀였다. 그녀의 상상은 이제 날개를 달았다. '공원을 산책하던 보엔 선생님이 머리 위에 우주선이 떠 있는 것을 목격했어. 눈부신 광선이 갑자기 선생님에게로 쏟아졌고, 하늘을 쳐다보던 보엔 선생님은 눈이 부셔 손으로 눈을 가렸어. 그리고 다음 순간, 가엾은 보엔 선생님은 흔적도 없이 사라진 거야.'

"보엔 선생님!"

샌드라가 비명을 지르며 루시 갬볼을 덥석 잡았다. 상상력에 관해서는 루시도 둘째가라면 서러워할 아이였다.

"외계인들이 보엔 선생님을 납치한 거야!"

이번 소문은 시어도어 거치가 낸 소문보다 도는 데 시간이 조금 더 걸렸다. 불어난 군중의 규모를 생각하건대, 그럴

법도 한 일이었다.

보엔 선생은 장신에 안경을 쓴 사십대 초반의 여자로, 옷 입는 취향이 유별났다. 그녀는 피아노와 플루트를 비롯해서 무슨 악기를 가져다주어도 어지간하게 다 연주할 줄 알았으며, 심지어 지팡이처럼 생긴 크룸호른까지 불 줄 알았다. 크룸호른은 공기를 잔뜩 넣으면 꼭 갈대피리 같은 새된 소리를 냈기 때문에 아이들에게 인기가 많았다. 그리고 보엔 선생 자신도 아이들에게 인기가 많았다.

보엔 선생은 음악 시간에 아이들에게 종종 손뼉을 치고 발을 구르게 했다. 아이들이 방금 전까지 했던 것도 발을 구르며 손뼉을 치는 일이었다. 물론 그녀의 수업이 일주일에 한 번밖에 없다는 점도 인기의 요인임을 무시할 수 없었다.

보엔 선생은 자유분방한 영혼의 소유자였다. 벨리 댄스를 배우러 다닌다는 소문도 있었고, 특히 스무 명 남짓한 학생들을 앉혀놓고 멘델스존의 바이올린 콘체르토를 틀어주다가 감정에 복받쳐 울음을 터뜨린 일화는 유명했다. 그러니 보엔이 납치당했거나, 의지에 반하는 일을 하도록 강요당했다는 생각만으로도 아이들은 화가 날 수밖에 없었다. 모건 선생이나 수위 아저씨 버니 블레이크록이 그런 일을 당했다면 코웃음을 쳤겠지만 말이다.

구호는 재빨리 "보엔 선생님은 어디로 갔나?"로 바뀌었다. 몇 분이 지나 보엔 선생 문제로 물고 늘어질 수 있게 된 다음에는 "외계인이 없다면, 노처녀 보엔 선생님이 어디로 갔나?"로 구호가 발전했다.

몇몇 아이들은 점점 더 격하게 흥분하기 시작했다. 다음 차례가 누가 될지 어찌 알겠는가?

샌드라와 루시를 비롯한 아이들이 하나같이 까먹은 게 있었다. 보엔 선생은 월요일과 금요일에만 학교에 나와 수업을 한다는 사실이다. 그러니까 외계인들에게 납치됐다고 아이들이 확신하는 동안, 보엔 선생은 실제로는 집에 있었다. 그녀는 이제 막 목욕을 끝내고 스리랑카에 대한 책을 읽고 있는 중이었다. 내년에 스리랑카를 여행할 계획이었기 때문이다.

한편 청사 안 깊숙한 곳에서는 시장과 직원들이 커다란 마호가니 탁자에 둘러 앉아 비상회의를 하고 있었다. 요리사인 하워스 여사는 그들에게 진하고 달착지근한 차를 돌아가며 따라주고 있었다.

한 보좌관은 경찰을 부르자고 했다. 하지만 시장은 일언지하에 거절했다. 어린아이들이 수갑을 차고 굴비 엮듯 줄줄이 경찰차에 딸려 올라가는 모습이 지역신문에 나기라도 하면, 그걸로 자신의 정치 생명이 끝장난다는 것을 너무도 잘 알고 있었기 때문이다.

"그건 안 돼." 그가 말했다.

"부드럽게 가야지. 협상을 해야 할 문제라고!"

그러면서 시장은 가장 젊고 잘생긴 보좌관을 지목하며, 아이들을 만나서 그들의 요구사항이 무엇인지, 그리고 그 요구사항을 관철하기 위해 어디까지 밀어붙일 태세인지 파악해보라고 지시했다.

그로부터 5분 후, 맬컴 벤틀리는 긴장의 끈을 단단히 부여잡고 발코니로 나갔다. 그러고는 군중에게 대표 세 명을 뽑아서 십 분 뒤에 정문 앞 계단에서 만나자고 청했다.

"우리는 대화할 준비가 되어 있습니다." 그가 말했다. 그러고는 슬며시 안으로 다시 들어가면서 덧붙였다.

"이 사태를 헤쳐나갈 실마리를 찾아야 합니다."

그날 오후 시청에서 들려온 것 가운데 가장 긍정적인 답변이었다. 곧 잔잔하고도 정중한 환영의 박수가 터져 나왔다.

어느새, 참나무로 된 커다란 정문 자물쇠가 절거덕거리며 돌아갔다. 문이 삐걱대는가 싶더니, 15센티미터나 될까말까 한 문틈으로 맬컴 벤틀리가 빠져나왔다. 대표로 뽑힌 세 명의 아이를 만나기 위해서였다. 수완이 좋아서 뽑힌 아이도 있었지만, 덩치가 크다는 이유로 뽑힌 아이도 있었다. 시청에서 나온 남자는 먼저 아이들에게 악수를 청했다. 그러고는 외투 주머니에서 수첩을 꺼내어 이로 볼펜 뚜껑을 열면서 물었다.

"자 그럼," 그가 말했다. "여러분의 요구사항을 들어봅시다."

"첫째는요," 대니얼 테일러가 나섰다.

"우주선을 어디다 뒀느냐는 거예요."

시청에서 나온 젊은이는 잠시 동안 영문을 모르겠다는 눈빛으로 대니얼을 쳐다보았다. 그러다가 곧 그의 말을 수첩에 천천히 받아적었다.

'우주선은… 어디에… 있나.' 그는 쓰면서 고개까지 끄덕여 보였다.

"바로 처리에 들어가겠습니다." 그가 말했다.

"둘째," 재닛 바버가 말했다. "보엔 선생님은 무사한가요? 혹시 벌써 실험대에 누워 있는 건 아니겠죠?"

"보엔" 맬컴 벤틀리가 음악 선생의 이름을 되뇌며 받아적었다.

재닛은 보엔의 철자를 불러주면서, "우리 음악 선생님이에요"라고 일러주었다.

맬컴이 계속해서 받아적으며 대답했다. "그것도 알아보

겠습니다."

아이들의 요구사항을 다 받아적은 후에 맬컴 벤틀리는 다른 것은 또 없는지 물었고, 세 아이는 잠시 동안 자기들끼리라도 뭔가 더 만들어내야 하나 고민했다. 그러나 그들은 이미 요구한 사항을 알아봐주기로 한 마당에 자기들의 운을 굳이 더 밀어붙이고 싶지는 않았다. 그래서 대니얼은, "그정도면 됐어요"라고 고개를 끄덕이며 면담을 매듭지었다.

맬컴 벤틀리는 세 아이와 다시 악수를 나누고, 진지한 대화를 나눴음을 상기시키기 위해 일일이 눈까지 맞추었다. "시간이 좀 필요할 거예요." 그가 말했다. "하지만 꼭 해결하겠습니다."

대니얼 테일러는 맬컴 벤틀리가 미덥지 않았다. 그가 보기에 벤틀리는 별 볼일 없는 꼭두각시였다. "흠, 우리의 결심이 어떤지 이렇게 표현해보죠," 대니얼이 말했다. "우리는 여기에 계속 있게 되거나, 아니면 집에 가서 숙제를 할 거예요. 어느 쪽이 될 것 같아요?"

3~4킬로미터 떨어진, 시내의 부자동네, 그중에서도 가장 근사한 집에 사는 교장선생 램버트 여사는 부엌 식탁에 앉아 라디오를 한창 듣고 있었다. 그녀는 미그잔에 차를 담아

생강 비스킷을 쉬지 않고 찍어 먹고 있었다. 그녀는 벌써 네댓 개나 먹었으니 앞으로 딱 두 개만 더 먹자, 안 그랬다가는 배에 구운 감자가 들어갈 자리도 남지 않겠다며 자신을 달래고 있었다. 램버트 여사는 보통 앉은자리에서 비스킷한 통쯤은 차에 찍어 먹으며 너끈히 해치울 수 있었다. 특별히 자랑할 일은 아니지만 그렇다고 몹시 부끄러워해야 할 일도 아니었다.

또다시 비스킷 하나를 차에 담그려는데 전화벨이 울렸다. 그녀는 입을 우물우물하며 전화를 받았다. 발신자는 시장이었다. 그는 극도로 흥분한 상태였지만, 애써 침착함을 유지하려고 애를 쓰는 듯했다.

시장은 어쩌다가 램버트네 학교 학생들이 지금 시청 앞 광장을 메우게 됐는지, 얼마나 큰 소란을 피우고 있는지 설명했다. 램버트 여사는 귀를 의심했다. 그녀의 학생들은 어쩌다가 사소한 일로 서로 티격태격해서 말썽을 부린 적은 있지만, 그런 난동을 일으킬 만한 아이들은 아니었다.

"우리 아이들이 확실한가요?" 그녀가 물었다.

시장은 교장도 별로 도움이 되지 않는다고 느끼면서 대답했다.

"그렇습니다." 그가 말했다. "오늘 오후에 로어폴드 공원에 우주선이 착륙했는데, 그걸 우리가 숨기고 있다고 단단히 믿고 있단 말입니다."

램버트 여사는 수화기 너머로 한동안 말이 없었다.

"정말 그런 일이 일어난 건 아니죠?"

"당연히 아니죠," 시장은 대답했다. 그리고 잠시 숨을 고르고는, "적어도 내가 알기론 아니에요. 게다가 아이들이 음악선생이 납치당했다고 생각한다는 겁니다."

수화기 너머로 아까보다 좀더 긴 침묵이 이어졌다.

"보엔 선생이요?" 그녀는 물었다.

시장은 그렇다고 했다.

"저기, 애들한테 무언가 착각한 거라고 일러주시면 되지 않을까요?" 램버트 여사가 말했다.

시장이 울화통을 터뜨리기 시작했다.

"글쎄, 이제 그런 식으로 해결될 단계는 지나버렸다고요." 그가 말했다.

"아이들이 지금 전부 외계인 얘기에 정신이 팔려서, 우리가 무슨 말만 꺼내면 마음에 들지 않는다고 거대한 음모가 있네 어쩌네 단정을 내려버린단 말입니다."

대화는 어디로도 가지 못하고 지지부진해지고 있었다. 램버트 여사는 해결책을 찾아서 십 분 안에 전화를 하겠다고 말하고 통화를 끝냈다. 수화기를 내려놓고 우두커니 서서 한동안 골똘히 생각에 잠겼다.

웬만한 일로 당황할 그녀가 아니었다. 월요일 아침에 선생 다섯 명이 한꺼번에 병가를 내겠다고 전화를 걸어온 적도 있었는데, 그런 날도 침착하게 잘 헤쳐나갔던 그녀가 아닌가. 이번에도 방법을 찾아야 했다. 램버트 여사는 주소록을 집어들고 홀랜드라는 이름을 찾기 위해 페이지를 넘기다가 'H'란을 열었다.

"여보세요? 바버라?" 건너편에서 수화기를 들자 그녀가 말했다.

"나 몰리예요. 잘 들어요. 일이 좀 생겼어요." 그녀는 심호흡을 했다.

"은박지하고 혼응지(펄프에 아교를 섞어 만든 종이로, 습기에는 약하지만 마르면 매우 단단해짐―옮긴이 주)가 필요해요. 아주 많이 써야 하니까 최대한 많이 모아줘요."

광장에 모인 군중은 꾸준히 불어났다. 학교를 파하고 집으로 돌아가던 주변 학교 아이들이 무슨 구경거리라도 났나 싶어 죄다 모여들었다. 그들은 외계 우주선의 상륙과 보엔이 실종된 이야기를 들었고, 시청이 이 일의 은폐를 기도 한다는 소식에 자기들도 데모대에 합류하기로 결정했다. 아이들은 서로 어깨를 걸고 불쌍한 보엔 선생을 풀어달라고, 외계인을 풀어달라고, 가능하다면 둘 다 들어주었으면 좋겠다고 요구했다.

아이들은 삼삼오오 모여 이 다급한 사안에 대해 토론을 벌이기도 했다. 전에 없던 일이었다. 그리고 마침내 부모들이 나타났다. 그들은 이게 도대체 무슨 일인지 의아해하면서, 저녁밥이 다 식어빠졌다느니, 밥이 타고 있다느니, 안 먹으면 개한테 줘버리겠다느니 을러대면서 아이들을 데려가려고 했다. 하지만 아이들은 꿈쩍도 하지 않았다. 가기 싫다고 버둥대는 아이를 질질 끌고 가려는 어느 엄마 아빠의 바짓가랑이를 옆에 있던 아이들이 붙잡고 늘어지는 바람에 한바탕 난리법석이 나기도 했다. 여기저기서 비슷한 드잡이가 일어났다. 참을 만큼 참은 부모들은 화가 머리끝까지 치밀었지만, 두 손 들고 물러설 수밖에 없었다. 그 상황에서는 달리 방도가 없었기 때문이다. 아이들의 수가 대단히 많기는 했지만, 그렇다고 당장 크게 위험한 일이 일어날 것 같지도 않았다. 그리고 부모들의 진심이 정말로 어떤지를 들여다보자면, 그들을 가장 괴롭혔던 것은 자기들이 어렸을 때는 이 사태의 반만큼도 재미있는 일을 경험해보지 못했다는 사실이었다.

밤이 이슥해지면서 수프가 담긴 보온병과 담요가 아이들에게 전달되었다. 부모들은 혹시 밤이라도 새울 거라면, 춥고 배고파서야 어떻게 견딜 수 있겠냐며 아이들을 설득했다. 어둠이 짙어지면서, 아이들은 랜턴과 촛불 주위로 모여들기 시작했다. 두런거리던 대화 소리도 점차 잠잠해졌다. 별들이 하늘에 얼굴을 내밀었고, 그들은 바닥에 등을 대고 누워 음악선생님이 저 별 어딘가에 있지 않을까, 만약 그렇다면 재미있게 즐기고 있을까 궁금해했다.

아이들은 담요 깊숙이 몸을 파묻었고 눈꺼풀은 점점 더 무거워졌다. 이제 들리는 소리라고는 실종된 선생님을 기리며 부르는 〈그린슬리브스Greensleeves〉와 〈새조개와 홍합Cockles and Mussels〉(두 곡 모두 대표적인 아일랜드 민요이다─옮긴이 주)뿐이었다. 아이들은 보엔이 지난 학기에 가르쳐준 대로, 두 노래에 온갖 화음을 넣어가며 불렀다.

밤이 고요하게 깊어갔다. 아이들은 잠이 들었고, 지구는 제 굴대 위에서 여전히 돌고 있었다. 이따금 자다가 일어나 멀뚱히 앉아 있던 아이들도 옆에서 자는 동지들을 내려다보며 흐뭇한 미소를 머금고 나서는 다시 누웠다.

이윽고 하늘이 마침내 분홍빛으로 변해가면서, 떠오르는

태양에 몸을 녹이기 위해 새들이 시청 창가로 몰려들었다. 몇몇 아이들이 뒤척이며 기지개를 켜기 시작할 즈음, 시청 정문이 조심스럽게 열리면서 맬컴 벤틀리가 모습을 드러냈다. 아이들의 몸뚱이로 바다를 이룬 광장을 까치발로 살금 살금 걸어 들어간 맬컴은 한 아이 앞에 쭈그리고 앉았다. 그러고는 아직 잠에서 덜 깬 아이의 귀에 대고 뭐라고 속삭였다. 그는 자리를 옮겨 다른 아이에게 몸을 숙이고 같은 이야기를 속삭였고, 그렇게 몇 번인가 쭈그리고 앉아 같은 일을 반복하더니 시청 안으로 조용히 사라졌다.

최신 뉴스는 천천히 무리를 휩쓸고 지나갔다. 아이들은 벌떡 일어나 곁에 있던 다른 애들을 깨웠다. 그렇게 서로 주변 친구들을 깨우고 있는 와중에, 한 소년이 자리에서 일어서더니 감격에 겨운 목소리로 외쳤다.

"외계인이," 그가 말했다. "로어폴드 공원에 다시 왔대."

담요를 박차고 일어난 아이들은 눈 깜짝할 새에 이동하기 시작했다. 그들은 외계인을 향해, 언덕배기를 넘어 다시 전진했다. 처치 스트리트를 재빨리 빠져나가고 학교를 지나친 다음, 공원 입구에 들어섰다. 잔디볼링장을 끼고 테니스장을 가로질렀다. 그들은 장미정원을 거쳐 오리연못을 돌아 마로니에 가로수 밑을 통과한 다음, 드디어 놀이터에 들이

섰다. 그리고 마침내, 그토록 고대했던 장면과 마주쳤다. 위풍당당하게 땅에 발을 내딛고 있는 은빛 우주선이 보였다.

아이들은 흠칫하며 주춤했다. 뒤쪽에 있던 아이들은 좀 더 좋은 전망을 확보하기 위해 앞에 있는 아이들을 밀어댔다. 맨 앞에 서있는 아이들은 또 그들대로 밀리지 않으려고 발버둥을 쳤다. 우주선에 너무 가까이 다가가고 싶지는 않았기 때문이다.

우주선은 기대했던 것만큼 크지 않았다. 땅딸막하고 투박했는데, 높이는 3미터쯤 되었고 지붕은 둥그스름했다. 비행접시나 로켓이라기보다 작은 트레일러 같은 모습에 더 가까웠다. 그리고 진실을 말하자면, 조금 울퉁불퉁하기까지 했다. 우주선이라면 으레 상상하게 되는 매끈하고 번쩍이는 모습은 찾아보기 어려웠다.

하지만 우주선은 실제로 그네와 시소만큼이나 견고하게 그 자리에 서 있었다. 그리고 그 뒤로 떠오른 태양은 우주선에 일종의 경외감을 불러일으킬 만한 광채를 더해주었다. 아이들은 입도 벙긋하지 못했다. 들리는 건 오로지 저 멀리서 울리는 교회 종소리뿐이었다.

한동안 사방에 정적이 감돌았다. 몇몇 아이들이 얼마나 더 기다려야 할지 궁금해 하던 찰나, 아무런 경고도 없이 우주선 입구가 벌컥 젖혀졌다. 텔레비전에서처럼 "쉭" 하는 섬뜩한 소리와 함께 천천히 열리는 게 아니라, 줄처럼 보이는 뭔가에 매달린 문이 바닥으로 떨어지다시피 열렸다.

강 건너기

Crossing the river

영구차는 죽은 사람을 수송하는 검은색 차로, 양 옆에는 커다란 창이 달려 있어서 관을 들여다볼 수 있게 되어 있다. 그리고 검은 양복을 입은 남자 몇 명이 그 안에 꼿꼿한 자세로 앉아, 떠나가는 이의 길동무가 되어준다.

영구차는 대체로 매우 천천히 간다. 보통 자동차처럼 마구 달리지 않고 천천히 미끄러지듯 지나간다. 그리고 커다랗고 검은 먹구름이 서서히 태양을 가리듯, 길을 지나는 동안 대기 중에 구슬픈 분위기를 자욱하게 드리운다.

영구차 뒤에서 빨리 좀 움직이라며 경적을 울리거나 헤드라이트를 깜박이는 것은 무례한 행동이다. 앞에서 느릿느릿 걸어가는 할머니를 밀치고 지나간다거나, 도서관에서 큰 소리로 웃고 떠드는 것과 마찬가지로 예의 없는 행동이다. 또 관을 실은 영구차를 길에서 마주치게 되면, 모자를 벗고 영구차가 지나갈 때까지 자세를 단정히 하고 서있는 것이 관례이다. 모자를 쓰고 있지 않다면 고개를 숙여 예를 표해야 한다. 이것은 이른바 '죽은 자에 대한 경의'를 표하는 것이지만, 사실은 사람들이 그것을 통해 표현하려는 것은 죽음 그 자체에 대한 경의이다.

장의업을 하기에 우드러프 가족만큼 완벽하게 어울리는 사람들은 없었다. 늙은 우드러프는 블러드하운드처럼 생겼고, 그의 세 아들인 버논과 얼, 레너드는 세상에 존재하는 사람들 중 가장 불쌍한 종류의 인간들이라고 할 수 있다. 우드러프 가족의 초창기는 행복했다고는 할 수 없다. 아내이자 세 아들의 어머니인 릴리언 우드러프는 아들들이 채 다 자라기도 전에 세상을 떠났고, 남은 가족 모두에게는 지워지지 않는 슬픔이 얼룩졌다. 때문에 삶은 더욱 힘겨워졌다.

아버지 우드러프는 차의 조수석에 앉는 것을 좋아했다. 그는 집안의 최고 연장자로서 마땅히 그 자리에 앉아야 한다고 생각했고, 그렇게 하는 것이 집안의 기강을 엄하게 바로잡아주는 길이라고 여겼다. 그의 아들들은 어디에 앉든 딱히 상관없다고 생각했다. 다만 운전은 버논이 거의 도맡아 했기 때문에, 얼과 레너드가 결과적으로 뒷자리에 앉게 되었다.

그들은 차를 타고 밖으로 나갈 때면, 앞만 똑바로 쳐다보며 되도록이면 몸을 움직이지 말아야 한다고 배웠다. 남에게 참견을 하거나, 웃거나, 하품하거나, 얼굴을 잡아당기며 노는 것은 모두 적절하지 않은 행동이라고 여겨졌다. 그들은 길에서 오랜 친구를 지나치기라도 하면, 짧은 고갯짓으로 인사를 대신하거나, 조심스럽게 살짝 윙크를 보냈다. 영구차 안에서 피치 못하게 대화를 하게 되면, 말은 입 안쪽에서 우물거리듯 조용조용히 하고, 최소한의 말로만 의사를 표현했다.

그러나 우드러프 사람들은 자신들이 하는 일이 무엇인지는 확실히 알았다. 그들은 오랜 세월 동안, 수천 명까지 되지 않을지는 모르지만, 적어도 수백 명의 시신을 마지막 안식처로 날랐다. 누군가 죽었을 때 사람들이 가장 먼저 전화를 거는 곳은 우드러프네일 때가 많았다. 어떤 특정한 환경에서는 약간의 침울함만으로도 만사 형통이었다. 그러나 그

운명의 금요일에, 장의사로서 누리던 그토록 높은 평판은 늙은 우드러프에게 아무런 위안이 되지 못했다. 그들은 어느 늙은이의 장례를 치르기 위해 근처 시골로 향하고 있었다. 버논은 백미러로 뒤를 살펴보았다. 고인의 가족을 태운 차가 자기들을 따라오기로 되어 있었다. 그런데 차가 어디에도 보이지 않았다.

"음," 버논이 말했다.

"음,이라니, 무슨 뜻이냐?" 늙은 아버지가 말했다.

"상주들이요." 버논이 말했다. "그 사람들이 안 보여요."

그토록 오랜 경험을 등지고 있지 않았다면, 얼과 레너드는 어깨를 돌리고 뒤를 쳐다보고 싶은 유혹을 쓰라리게 느껴야 했을 것이다. 그러나 네 명의 우드러프는 누구 하나 지켜보는 사람도 없건만, 모두 정면만을 응시했다. 버논은 조심스럽게 차를 세우고, 혹시나 하는 희망으로 다시 거울을 들여다보았다. 그러나 고인의 가족을 실은 차는 코빼기도 보이지 않았다.

"아니, 뭐하자는 거야." 뒤에 앉아 있던 레너드가 말했다. "도대체 어쩌다가 놓친 거냐고."

버논은 아주 더없이 막연한 단서조차 떠오르지 않았다.

"그 사람들, 어디서인가 길을 잘못 든 게 틀림없어." 그가 말했다.

그들의 아버지가 무겁게 머리를 흔들었다.

"안 좋은 날이야." 그가 말했다. "아주 안 좋아. 아침에 침
대에서 빠져나오는 순간부터 바로 알고 있었어."

우드러프네는 시골길에 앉아서 족히 5분간은 기다렸지
만, 단 한 대의 차도 그들의 시야 안으로 굴러 들어오지 않
았다. 주변에 보이는 것은 느릿느릿 걸어와 울타리 사이로
고개를 쑤셔 내밀고 무슨 일이 벌어졌는지 알아보려는 젖
소 두 마리가 전부였다.

늙은 우드러프가 마침내 폭발했다.

"이게 무슨 말도 안 되는 일이야." 그가 말했다. 그는 버논
에게 다시 차를 몰라고 지시했다. "그냥 교회에 가서 만나는
것이 좋겠다."

그리하여 그들은 좁은 시골길을 계속 나아갔다. 길은 꾸
준히 좁아졌고, 어찌나 울퉁불퉁하고 덜컹덜컹하던지 길이
라는 이름을 붙이기조차 뭣할 정도였다. 가파른 언덕길을
반쯤 가는데, 영구차의 바퀴 하나가 길의 움푹 팬 곳에 빠
져, 쿵쾅쿵쾅 튀어나왔다 들어가기를 반복했다. 그 바람에
시신을 담은 관이 펄쩍 뛰어올랐다. 마치 안에 있던 죽은 사
람이 땅에 묻히는 것을 다시 생각해보겠다고, 모든 것을 취

소하기로 결정하기라도 한 것 같았다. 얼과 레너드는 그다지 곤혹스러워할 것도 없었다. 그들은 과거에 이보다 더한 곤경도 겪어보았던 터였다. 그들은 둘 다 말 한마디 하지 않은 채, 어깨 너머로 손을 들어올려 뒤에서 그들의 머리를 가격하고 있는 관을 움직이지 못하게 지그시 내리눌렀다.

두꺼운 가시나무가 영구차의 외장을 할퀴기 시작했고, 찍찍 긁는 소리를 내기 시작했다. 늙은 우드러프는 다시 한 번 고개를 흔들었다.

"어디로 가는지 길을 미리 확인해야 했어," 그가 말했다. "우리가 알던 교회로 정했어야 했어."

그들이 어디에 있는지, 어디로 가는지에 대한 버논의 확신은 그들이 여행하고 있던 그 길과 꼭 마찬가지로 들쭉날쭉했다. 지금 어디에 있는 것인지 도무지 알 수가 없다고, 그 스스로 인정한(아마도 속으로만) 순간도 있었다. 바퀴가 좀더 쉽게 구르는 차를 타고 갔더라면, 아는 길을 발견할 수도 있으리라는 전망이 좀더 밝아질지도 모른다. 그러나 3미터나 되는 영구차는 그의 인내심만을 시험할 뿐 상황을 점점 더 나쁜 쪽으로만 몰고 갔다.

그들은 얽히고설킨 그 미로에서 20분간을 더 헤매고 나서, 마침내 탁 트인 구릉 중턱으로 빠져나왔다. 버논은 차를 세웠다. 언덕 아래 오른편으로는 넓고 커다란 강이 보였다. 강 건너편으로는 마을 집들의 지붕이 보였고, 그 한복판에 교회의 뾰족탑이 천국을 가리키고 있었다.

"저기야," 버논이 말했다.

"우리가 찾던 교회가 바로 저거야."

영구차 안이 불길한 침묵으로 서서히 가득 차올랐다.

"다리는 어디에 있지?" 레너드가 말했다.

버논은 왼쪽 어깨 뒤로 엄지손가락을 가리켰다. "저쪽으로 한 16킬로미터 가면 있어." 그가 말했다.

간신히 평정심을 되찾았던 늙은 우드러프는 곧바로 다시 무너졌다. 그는 머리를 두 손에 떨어뜨리고, 음침하게 중얼거리기 시작했다. 얼이 아버지의 멈출 줄 모르는 트집과 불평에 견딜 수 없이 진저리가 나기 시작했고, 이제 작작 좀하라는 말을 던지려는 참이었다. 바로 그때, 레너드가 강가 옆에 있는 한 작은 집을 발견했다.

"좋아," 그가 말했다. "모두 나가봅시다."

헤럴드 딕비는 방금 전에 한 접시 가득 햄과 계란, 버터 바른 빵 세 조각을 해치우고 나서, 차가 담긴 머그잔을 들고 자기가 가장 좋아하는 의자에 앉아 있었다. 그는 속에 차 한 잔이 들어가면 달콤한 낮잠 생각이 간절해지는 사람이었다.

약간의 식사 후에 즐기는 낮잠이 없이는 못 배기는 사람이었다. 그리고 열두 시 반쯤에 눈을 감으면, 세 시가 다 되어서야 정신이 돌아오고는 했다. 그는 이 오후에 갑자기 자기 집 앞문을 부서져라 두들겨대는 소리가 들리기 시작했을 때, 누구도 방해하지 못했던 자신의 낮잠이 깨지고 마는 것은 아닌가 하는 의혹에 빠졌다.

"그냥 지나가는 법이 없지." 헤럴드가 속으로 생각했다.

그는 머그잔을 내려놓고 의자에서 일어났다. 그러고는 누군가 중요한 사람이 방문했을지도 모른다는 생각에, 머리카락을 매만지고 나서 문을 열었다. 그곳에는 음산한 모습의 사내 네 명이 모두 검은색 양복을 빼입고, 어깨에 관을 하나 들고 서 있었다.

"당신이 저 배 주인입니까?" 그중 늙은 사람이 물었다.

가련한 헤럴드, 그는 덜컥 겁이 났다. 그는 무턱대고 죽음이 자기를 데리러 왔다고 생각했다. 죽음이 그를 관 속에 던져 넣고, 저쪽으로 데리고 가려고 여기까지 왔다고 생각했다.

그는 크게 침을 한번 삼켰다. 거짓말은 소용이 없을 것 같았다. "맞습니다." 그가 말했다.

"잘됐군요," 늙은 사내가 말했다. "배로 좀 건네주셨으면 하는 것이 있습니다."

헤럴드는 지구에서 보낼 그의 날이 끝나지 않았다는 것과, 앞으로 얼마가 됐든 일을 바로잡고 제대로 살 수 있는 세월이 남아있다는 사실을 알고 크게 안도했다. 동시에 그는 아무리 나무 상자에 싸여 있다고는 해도, 자기 배에 시체를 태우는 것이 탐탁치는 않다는 점을 그들에게 표현했다.

"보통은 네 명이 정원입니다." 자신의 배를 묶어둔 거의 무너질 듯한 선창으로 우드러프네와 관을 안내하면서 그가 말했다.

"저 사람은 그냥 짐이라고 생각하세요." 얼이 말했다. 얼의 말이 헤럴드의 입을 한동안 닫게 한 듯했다.

관을 배에 싣는 것은 문제가 안 되었다. 문제는 모든 사람이 앉을 자리를 찾는 것이었다. 관은 두 가로대 사이에 꽤 편안하게 들어맞았다. 하지만 배가 그다지 넓지 않았기 때문에, 모두가 올라탈 방법은 관 양 옆으로 몸을 쑤시고 들어가서 매달리다시피 하는 것뿐이었다.

늙은 우드러프는 차에서와 마찬가지로 자기가 앞자리에 앉겠다고 주장했다. 나머지 사람들은 배에 몸을 실을 방법을 갖가지로 강구해보았지만, 아무런 소득이 없었다. 그리고 그 와중에도 그들의 아버지는 지금 얼마나 늦었는지, 또 사람들이 기다릴 것이라는 말을 쉬지 않고 하고 또 했다. 마침내 헤럴드 딕비가 상황을 수습하겠다고 나서서는, 자기가 관 위에 걸터앉아 노를 젓고 나머지도 다 관 위에 앉아서 가는 것밖에 사리에 맞는 방법이 없다고 말했다.

그것이 어떻게 그들이 양다리에 관을 끼고 앉아서 배를 타고 가게 되었는지에 대한 전모였다. 그렇게 관에 올라탄 그들은 섬뜩한 운송수단만 모아놓은 무슨 박람회에 나간 것 같은 모습이었다. 선창을 출발하자마자, 모두 일제히 입을 다물었다. 우드러프 가족은 정신을 흐트러뜨리지 않으려고 혼신의 힘을 다했다. 배는 당연히 과적 상태였다. 그러나 딕비 씨는 모두 움직이지 않고 가만히만 있어준다면, 순식간에 강 건너편으로 데려다줄 수 있을 것이라고 장담했다.

배는 강의 중간까지는 아주 순조롭게 흘러갔다. 딕비 씨는 자기 집 쪽을 바라보며 거꾸로 앉아 노를 저었고, 우드러프 가족은 반대편 쪽인 교회를 향해 앉아 있었다. 그들은 평상시에 영구차를 몰 때와 마찬가지로 매끄럽고 말없이 앞으로 나아가고 있었다. 그런데 레너드가 몸을 이리저리 꿈틀대기 시작했다.

"뒤에 뭐하는 거냐?" 늙은 우드러프가 말했다.

"팬티 때문에요," 레너드가 말했다. "자꾸 끼어요."

모두 한소리로 그에게, 목적지에 도착할 때까지 움직이

지 말고 얌전히 앉아 있으라고 말했다. 그러나 레너드는 다른 생각은 할 수도 없었다. 그는 엉덩이를 들어올리고 나서 관이 흔들리지 않을 때를 기다리더니, 성가시게 끼어 올라오는 팬티 한쪽을 손가락으로 확 잡아 뺐다. 그러나 앉을 때 착륙지점을 잘못 잡는 바람에 오른편으로 세차게 미끄러지고 말았다. 나머지 사람들이 기울어진 균형을 바로잡기 위해 왼쪽으로 몸을 기울였지만, 너무 심하게 기울인 것이 화근이었다. 배는 왼쪽으로 기울었다가, 다시 오른쪽으로 기울었다. 양 옆으로 흔들릴 때마다 추진력을 얻어서 점점 더 심하게 기울던 배는 그만 확 뒤집어져서 우드러프 사람들과 헤럴드 딕비를 강물에다 헌납하고 말았다.

물이 사방으로 튀었고, 머리를 계속 물 밖으로 내밀기 위한 각자의 몸부림이 뒤따랐다. 그러나 제 밥값을 어지간히 하는 구조원이라면 누구라도 말해줄 수 있는 것이, 수영 팬티 한 장 달랑 입고 헤엄을 치는 것과 완전히 성장을 하고 헤엄치는 것은 다르다는 것이다. 레너드와 얼 그리고 버논은 수영을 그다지 잘하지 못했다. 심지어 딕비 씨조차 사람들이 으레 생각하는 만큼 수영을 잘하지 못했다. 그러나 늙은 우드러프로 말하자면 더 심해서, 물에서 팔 한번 뻗는 것조차 배운 적이 없었고 그가 생각해낼 수 있는 것이라고는 발을 계속 걷어차고 손으로 물을 헤치는 것이 전부였다.

"개헤엄……, 개헤엄……." 그는 자기 자신에게 용기를 북돋우기 위해서 큰 소리로 외쳤다.

배는 뒤집어졌고, 벌써 20미터는 떨어져 있었다. 붙잡을 수 있는 거리에 떠 있는 것이라고는 관밖에 없었다. 그들은 관을 붙잡고 나서는 떨어질 생각을 하지 않았다.

관은 한 사람, 한 사람이 매달릴 때마다 상하좌우로 요동쳤지만, 그들을 도로 떨어뜨릴 정도는 아니었다. 관에 모두 달라붙고 나자, 다섯 명의 일행은 기침을 해가며 폐에 들어간 물을 빼내고 숨을 골랐다.

"아버지, 괜찮으세요?" 레너드가 말했다.

그는 괜찮다고 대답했다. 어느 순간인가 그들은 물 밖으로 몸을 좀더 내밀 수 있게 되었다. 그리고 누가 먼저라고 할 것도 없이 한두 명이 발을 차기 시작했고, 곧 다섯 명 모두 남은 길을 향해 관을 천천히 밀고 있었다.

"발을 차," 어느덧 수영전문가가 된 늙은 우드러프가 말했다. "두 발로 물을 차."

반대편 강둑에 도달했을 때, 그들은 빙 둘러서서 물을 뚝뚝 흘리며 욕설을 내뱉었다. 그리고 마침내 늙은 우드러프가 딕비 씨에게 치러야 할 값에 대해 동의를 했고, 우드러프네는 옷매무새를 조금이라도 제대로 하기 위해 온 힘을 기울였다. 그들은 다시 어깨에 관을 받쳐 들고 언덕을 향해 걷기 시작했다.

꽤 많은 사람들이 그들을 기다리고 있었다. 그들이 교회에 다 와가는데, 그중에서도 가장 화가 난 듯한 웬 늙은 여인, 화가 난 모양새로 보아서는 망자의 과부일 가능성이 높은 여인이 그들을 향해 걸어왔다. 그들은 교회 정문 앞에 이르러 걸음을 멈추었고, 노파는 위아래로 그들을 훑어보았다. 양복은 홀딱 젖었고, 머리카락은 물에 젖어 딱 달라붙어 있었다. 서있는 그들의 발 주위로는 물이 흘러모여 작은 웅덩이를 이루었다.

"도대체 어디 갔다가 이제 온 겁니까?" 그녀가 늙은 우드러프에게 물었다.

그는 목을 가다듬고 나서, 그 상황에서 끌어모을 수 있는 최대한의 권위를 모아 대답했다.

"부인, 우리가 기록을 살펴보았습니다," 그가 말했다. "그런데 망자께서 세례를 받았다는 흔적이 어디에도 없더군요. 그래서 우리는 그분을 묻어드리기 전에, 혹시 모르니까 그저 확실하게 하자는 차원에서 세례를 시켜드리는 것이 급선무라고 생각했습니다.

꼭꼭 숨어라, 머리카락 보일라

Neither hide nor hair

핀튼 캐리는 체구는 작을지언정 생각까지 짧은 소년은 아니었다. 늘 뚱하고 시무룩한 이 소년은 모든 사람이 마음 놓고 자기 생각을 말할 수 있는 상대였지만, 그들의 생각을 자신만 알고 속에 담아둘 만큼 현명했다. 다른 아이들이 위험한 상황을 회피하는 데 급급한 반면, 어린 핀은 주저 없이 뛰어들었다. 덕분에 그는 주변에서 무시할 수 없는 아이로 대접을 받았다. 그렇게 사는 것이 핀에게는 크나큰 즐거움이기도 했지만, 또 그 덕분에 그의 인생은 고단해지기도 했다. 다른 길을 택했다면 더 쉽게 살 수도 있었는데 말이다.

핀의 아버지는 그가 갓난아기였을 때 집을 나갔다. 그 후로 그 남자는 터럭 끝 하나 보인 적이 없었다. 핀은 별로 괴롭지 않았다. 자기에게 관심이 없는 아버지에게 뭐 하러 관심을 두겠는가? 게다가 집안은 핀과 엄마만으로도 숨 돌릴 틈 없이 분주했다. 엄마는 엄마대로 자기주장이 강한 사람이었다. 사람들은 핀이 엄마의 정신을 물려받았다는 말을 곧잘 했다. 하지만 핀은 자신의 고집은 완전히 자신만의 문제라고 확신했다.

둘은 거의 눈만 마주치면 갑론을박을 벌였다. 가끔은 더 이상 하찮을 수 없는 문제를 놓고 격론을 벌이기도 했다. 그러나 그러지 않아도 길고 고달픈 하루를 보낸 후에 벌어지는 논쟁은 핀에게 어디론가 도망치고 싶은 욕구를 불러일으켰다. 뒤늦게 말해봤자 소 잃고 외양간 고치는 격이겠지만, 그렇게 피곤하고 민감한 성격의 두 사람은 애초부터 되도록 멀찌감치 떨어져 지내는 편이 더 좋았을지도 모른다.

핀의 엄마가 식탁에 저녁을 차렸다. 핀은 앞에 놓인 저녁밥을 유심히 검사했다. 얇게 썬 고기조각과 그레이비소스였다. 그 앞에는 으깬 감자가 에베레스트처럼 솟아 있었고, 옆에는 데친 야채덩어리가 제 몸에서 나온 즙에 젖어 축 늘어져 있었다.

"먹어." 엄마가 말했다. 그러나 핀은 그저 접시만 쳐다보고 있었다.

"배 안 고파요." 그가 마침내 입을 열었다.

엄마는 핀을 흘긋 보았다. 핀은 엄마가 화로 부글부글 끓어오르고 있음을 감지할 수 있었다. 그녀를 겪어보지 않은 사람들은 그녀가 차분하고 침착한 사람이라고 생각할지 모르지만, 핀은 엄마가 피부 아래 온갖 성질과 짜증을 묻어두고 사는 사람임을 알고 있었다.

그녀는 핀이 두 손을 들 때까지 아들을 똑바로 노려보았다. 핀은 고기 한 조각을 썰어 으깬 감자에 조금 문지르고 나서는 덥석 입에 넣었다. 핀은 굳은 듯 가만히 앉아 식사를 하는데, 특히 씹는 행위에 매우 공을 들이는 편이었다. 그한 조각을 씹어 넘기는 데만도 저녁나절이 다 갈 판이었다.

"야채도 먹어"라고 말하며 엄마는 포크로 접시를 톡톡 두드렸다.

핀은 흐물흐물한 야채를 내려다보면서 머릿속으로 뭔가 떠오르는 것을 느꼈다. 한번 내뱉으면 필시 시비를 불러일으킬 말이었다. 그래서 핀은 그 생각을 원래 있던 자리인 머릿속에다가 가둬두고, 입 밖에 내지 말아야 하지 않을까 생각해보았다. 그러나 어떤 생각은 견디기 어려운 가려움증 같아서, 그냥 내뱉어버리는 수밖에 없다.

"우웩, 이런 건 엄마나 많이 먹어요." 그가 말했다.

핀은 의자에 등을 기대고 앉아 음흉한 만족감을 만끽하고 있었다. 그는 엄마를 슬쩍 쳐다보며 어떤 반응이 나올지 기다렸다. 그다지 오래 기다릴 필요도 없었다. 온갖 단어가 그녀의 입에서 굴러 떨어졌다. 생전 들어보지 못했던 말도 있었다. 엄마가 만들어낸 단어인가 보다, 하고 핀은 생각했다. 후끈 열을 받은 상황에서 나오는 말이거나, 특별한 경우에만 쓰는 말인지도 모른다. 무엇이 되었건, 핀은 이제 더이상은 말을 하지 말아야 할 때가 왔음을 알고 있었다. 엄마는 두 사람 몫까지 넘치게 말을 하고 있었다.

그녀는 핀의 귀를 잡고 위층으로 질질 끌고 올라갔다. 핀은 엄마 뒤를 비트적대며 따라가면서, 귀를 꼬집히는 것이얼마나 고통스러울 수 있는지 새삼 놀라고 있었다. 방에 도착한 그는 몸을 세차게 떼밀리는 바람에 거의 날아가다시피 침대 위에 떨어졌다. 핀은 배은망덕하고 못 돼먹기 이를 데 없다는 말과 함께 다음날 아침까지 머리카락 한 올도 보고 싶지 않다는 선언을 들었다. 핀의 엄마에게는 다음날도 너무 빠른 것이었다. 방문을 막 닫으려던 차에 엄마는 잠깐 머뭇거렸다. 핀은 엄마에게 아직도 심술이 더 남아 있음을 알 수 있었다. 핀 자신도 둘째가라면 서러워할 무엇이었다. 치명적인 한마디로 쐐기를 박으려는 심술보가 엄마 안에서 꿈틀대고 있었다. 그는 그 말이 엄마의 마음속을 살살 간질이는 것을 볼 수 있었다. 엄마는 숨을 고르면서 제 입을 막으려고 애썼다. 실패였다.

"네 아비라는 사람이 왜 너한테서 도망갔는지 놀랄 일도 아니지." 그녀는 말을 쏟아내고 문을 쾅 닫아버렸다.

핀은 그 자리에 우두커니 서 있었다. 처음에는 약간의 한기를 느꼈다. 공허하고 어딘가로 휭 하니 돌진하는 느낌, 아주 아주 높은 곳에서 떨어지는 느낌이었다. 그러나 몇 초 지나지 않아 그는 분노로 활활 타올랐다. 그 열기가 어찌나 뜨거웠던지, 마치 누군가 입 속에 빨갛게 타고 있는 석탄을 쏟아 붓는 것 같았다. 그는 거기 선 채로 조용히 화를 내면서 엄마에게 그 말의 대가를 치르게 하겠다고 결심했다. 그는 엄마에게 상처를 줄 심산이었다. 방금 전에 자기가 당했던 것보다 더 큰 상처를 되돌려줄 작정이었다.

그는 한동안 침대 위에 앉아 그의 귓가에서 아우성치는 엄마의 말을 곱씹고 있었다. 핀은 의자 위에 올라가서 옷장 위에 있는 여행 가방을 끌어내렸다. 엄마와 어딘가에 갈 때마다 짐을 싸 넣는 자그마한 가방이었다. 그는 서랍을 열고 양말을 한 아름 꺼냈다. 왜인지는 모르지만 어쨌건 자기가 가려는 곳에서는 불굴의 의지 그리고 용기와 함께, 아주 많은 양말이 필요할 것 같았다. 핀이 방 안을 조용히 왔다갔다 하며 몰래 짐을 싸는 동안, 엄마는 아래층 부엌 식탁 앞에 앉아 머리를 감싸쥐고 있었다.

'어떻게 그런 지독한 말을 할 수 있었을까.' 그녀는 속으로 생각했다. '어떻게, 어떻게 그런 지독하고도 지독한 말을 할 생각을 했을까.'

핀은 사방이 완전히 어두워질 때까지 기다렸다가 소리 없이 창문을 열었다. 3~4킬로미터쯤 떨어진 이웃마을의 불빛이 보였다. 그는 풀숲 사이로 가방을 던졌다. 그리고 몸을 돌려 창문을 빠져나온 후, 배수관에 발을 걸고 어둠 속으로 내려왔다.

핀은 골목길을 걸으며 밤공기를 들이마셨다. 밤공기는 어마어마하게 날카롭고 시리게 옷 속을 파고들었다. 핀은 집을 나간 적이 한 번도 없었다. 그가 얼마나 괴팍해질 수 있는 소년인지를 감안한다면, 꽤 놀라운 일이었다. 그에게는 가출을 심각하게 고려해볼 만한 계기가 아주 많았다. 하지만 어떤 이유에서인지, 이번에야말로 제대로 가출을 할 수 있는 완벽한 기회인 것 같았다. 하지만 가출한다는 것은 한두 가지 측면에서 그를 약간 긴장하게 만들었다. 가령 누군가에게 살해당한다거나 굶어죽을 가능성이 있었다. 그러나 핀은 양말로 가득 찬 여행 가방을 들고, 머리 위로는 밝고 맑은 달빛이 비추는 길을 걸어가면서, 자기처럼 뜻이 곧으며 생각이 깊은 사람은 집을 나가서도 잘 살 수 있다고 스스로를 다독였다.

30분쯤 걸었을까, 핀은 숲에 다다랐다. 뚫고 들어갈 엄두가 안 날 만큼 너무나 깊었기 때문에 어린아이가 선뜻 들어설 만한 곳은 아니었다. 음식을 잔뜩 준비하고 나침반으로 무장한 어른들도 들어간 후로 다시 모습을 볼 수 없었다는, 어떤 소식도 들을 수 없다는 숲이었다. 핀이 숲에 들어가 보았다고 할 수 있는 것은 단 한 번, 그것도 엄마와 함께였고, 그나마 50미터인가 100미터도 채 들어가 보지 못하고 빠져나왔다. 어두워진 후, 숲 근처에 가는 어린아이는 확실히 한 명도 없었다.

이상한 일이었지만, 숲에 발을 들여놓았을 때 핀은 어떤 강력한 변화가 다가오는 것을 감지했다. 땅과 나무껍질 냄새는 이제부터는 뭐든 자유롭게 할 수 있다는 느낌을 주었다. 숲에서 나는 소리도 그가 상상했던 것과는 완전히 달랐다. 그곳은 살아 있었다. 자연은 엔진이 딸각딸각하는 소리를 내듯 돌아가는 것 같았다. 숲 안쪽으로 좀더 깊이 들어가면서 핀은 점차 등 뒤로 나무들이 천천히 닫히는 것을 느꼈다. 마치 그를 숲 안에 봉인하려는 듯이.

핀은 한동안 걸었다. 아마 겨우 20분 정도였을 것이다. 그는 발걸음을 멈추고 덩치도 크고 키도 큰 아름드리나무 아래 앉았다. 그는 들고 온 작은 여행 가방을 열었다. 달빛 아래에서, 핀은 공과 양말을 식별해냈다. 뒤죽박죽 섞여 있는 공과 양말을 보는데 갑자기 어떻게 해도 위안을 찾을 수 없을 것만 같은 슬픔이 밀려왔다. 그는 이내 뚜껑을 닫고 가방을 땅에 내려놓은 후 걸음을 옮겼다. 그리고 날이 샐 때까지 걷고, 또 걸었다.

마침내 해가 떠오르고, 숲의 소리가 서서히 달라지기 시작했다. 부드럽게 달그락거리는 소리에서부터 일종의 광기라도 품은 듯한 재잘거림까지, 마치 숲에 사는 주민 중 절반은 깨어나고, 나머지 반은 잠자리로 돌아가는 것 같았다.

그는 조금 쉬기로 하고 땅바닥에 앉았다. 하루가 시작되었고 또 지나가고 있었다. 너무도 느리게 지나가고 있었다. 수풀 속에서 무언가 살랑살랑 스쳐가며 엎치락뒤치락하는 소리가 들려왔다. 어떤 것은 가깝게 들렸고, 어떤 것은 꽤 멀리서 들렸다. 그러나 새 몇 마리와 엄청난 수의 벌레들을 빼놓고는 그의 눈에 특별히 흥미로운 것은 보이지 않았다. 첫날의 유일하게 중요한 사건은 오후 늦게 찾아왔다. 그는 어떤 여자 목소리, 바로 엄마의 목소리를 들을 수 있었다. 엄마는 그의 이름을 외치고 있었다. 핀은 엄마가 가까이 오는 것을 들었고, 좀더 가까워지다가 천천히 멀어지는 소리를 들었다.

둘째 날에 눈을 떴을 때, 핀은 허기진 배를 움켜쥐고 있었다. 전날 밤에 울었던 게 희미하게 기억났다. 그는 그 울음의 당사자가 자기 자신임을 알고 있었다. 그러나 동시에 반쯤은 잠들어 있었던지라 운 것은 자기가 아니라 다른 사람이고, 자기는 그저 울음소리를 듣기만 했던 것 같은 기분도 들었다. 전날 오후에 엄마 목소리를 들었을 때처럼, 똑같이.

핀은 나무를 타고 올라 과일을 땄고, 내려와서는 딸기를 땄다. 맛이 좋았던 것은 한쪽으로 모셔놓고 나중에 먹었다. 먹고 배가 아팠던 것은 다음부터는 절대로 손에 대지 않았다. 하루하루가 지나면서 핀은 온갖 종류의 것, 가령 잔가지나 풀조차 탈나지 않고 먹는 방법을 터득했다. 그는 무엇이건 내키는 대로 먹었고 개울에 가서 물을 마셨다.

하늘에서 태양이 퇴장하면, 핀은 나뭇잎이나 가지로 몸을 덮었다. 얕게 바닥을 파내고 그 자리에 드러누워 잔가지와 흙을 모아 덮었다. 한번은 나무에서 자보려고 했는데 그렇게 불편할 수 없었거니와, 분명히 저 아래로 떨어져서 목이 부러질 거라는 생각에 밤새 시달렸다.

그는 뜀박질을 하고 나무를 타고 뭔가 부수는 데는 도사가 되었다. 이제 핀은 자신이 보통의 기준으로는 도저히 잴 수 없는 쪽으로 서서히 변화하고 있다고 느꼈다. 그는 언제까지나 계속 움직일 뿐이었다. 특별히 방향을 정하지도 않고, 그저 숲속으로 더 깊이 더 깊이 들어갈 뿐이었다.

두어 주, 아니 두어 달쯤 지났을 때였다. 그는 불현듯 더 이상 엄마 생각이 나지 않는다는 사실을 깨달았다. 그저 아주 오랫동안 엄마에 대해서는 생각을 하지 않고 있었다. 몸이 변화하면서 마찬가지로 정신도 변해갔다. 그의 정신은 무언가 부드럽고 단순한 것으로 둥글게 깎여갔다. 유일하게 중요한 것은 바로 다음 순간뿐이었다. 그리고 그런 변화는 그에게 깊은 안도감을 주었다.

핀은 무엇이든 눈에 띄는 것은 신발이나 옷으로 기워냈다. 구깃구깃한 나뭇잎도 그의 손을 거치면 환골탈태했다. 그리고 이쯤 되자 그는 세상이 자신을 알아보지 못할 만큼 그곳에 오래 있었던 걸까 궁금해졌다. 어쩌면 이제 자신은 세상에서 그저 사라진 존재인지도 모른다.

한번은 부러진 나뭇가지를 발견했는데, 약간 공을 들였더니 파이프 모양이 되었다. 노인들이 입에 물고 피우는 담배 파이프 말이다. 이제 핀은 밤에 잠자리에 들기 전, 노인이 그러는 것처럼 자리에 앉아서 가끔 파이프를 입에 물었다. 성냥이나 담뱃잎 따위가 있을 리는 만무했다. 그저 저 멀리 뻗어 있는 나무 사이를 바라보며 파이프를 씹었고, 그러면 긴장이 풀리면서 길고 어두운 밤을 무사히 날 수 있을 것 같았다.

핀은 꽤 오랫동안 숲에 있었다. 아마도 일 년이나 이 년쯤 되었을 것이다. 머리카락은 이제 길게 자라 얽히고설켰으며, 피부는 때로 두텁게 뒤덮였다. 핀은 쓰러진 나무 위에 앉아서 벌레들이 죽은 나무의 몸통을 기어다니는 것을 보고 있었다. 그때 등 뒤 멀지 않은 곳에서 나뭇잎 밟히는 소리가 들려왔다. 핀은 몸을 돌렸다. 3미터도 안 되는 곳에 커다란 갈색 개 한 마리가 있었다. 개는 핀을 보자마자 그 자리에 얼어붙었다. 그러더니 잠시 후, 이빨을 드러내고 으르렁거리기 시작했다. 개는 소년에게 눈길을 박고는 꿈쩍도 하지 않았다. 그러나 소년은 동요하지 않았다. 소년은 죽은 고목 위에 앉아서 개를 바라보며 말을 하기 시작했다. 되는 대로 아무 말이나 지껄였는데, 대부분 말도 안 되는 이야기였다. 그러나 핀의 어조는 평온하고 굳건했다. 그리고 그가 말을 잇는 사이 개는 으르렁거림을 멈추더니 결국 고개를 떨구고 슬금슬금 달아났다.

다음 이삼 일 뒤에도 잔가지 부러지는 소리나 뭔가 스쳐 지나가는 소리가 저 멀리 숲속에서 간간이 들려왔다. 그러던 어느 날 밤, 소년은 잠자리를 파고 나뭇잎과 가지를 끌어다 잠을 청했고, 다음날 아침 일어났을 때 바로 옆에 개가 몸을 말고 누워 있는 것을 발견했다. 개는 깊이 잠든 것처럼 보였지만, 소년은 녀석이 그냥 자는 척하는 것뿐임을 단번에 알 수 있었다. 눈은 감고 있었지만, 귀는 열어놓았기 때문이다. 그날부터 개는 소년을 떠나지 않는 친구가 되었다. 기다란 갈색 귀를 늘어뜨린 개는 갈색 눈동자로 언제나 소년을 쫓았다.

숲을 가로질러 터벅터벅 걷는 동안, 개는 수풀 속으로 달아나듯 사라지곤 했지만, 일이 분도 안 되어 다시 천천히 달려나왔다. 그들은 서로 잘 지냈고 하루에 두세 번쯤은 걷다가 휴식을 취했다. 하지만 그들은 움직이는 편을 더 좋아했다. 어디 특별히 가야 할 곳도 없었는데 말이다.

얼마 후, 소년은 자신과 개가 서로 꽤 잘 통한다는 사실을 알게 되었다. 밤이 되면 소년은 자신이 손수 만든 파이프를 꺼내 물었고, 둘은 함께 앉아서 마음속에 떠오르는 이런 저런 이야기를 나누었다. 개는 소년에게 과거에 주인에게 얼마나 많이 맞았는지 이야기했다. 이야기하던 도중 개는 하던 말을 멈추고 땅을 바라보며, 수치감에 몸을 떨었다. 개는 계속 말을 이어갔다. 두세 번을 얻어맞았지만 그 다음에 주인이 또다시 매를 들자 더 이상은 사양하겠다며 창문을 빠져나와 무작정 도망쳤다고 했다. 그리고 결국 이 숲에 이르게 된 것이었다.

개는 소년에게 어쩌다가 이 야생에 나와 살게 되었느냐고 물었다. 소년은 그 이유가 별반 기억나지 않는다는 사실에 놀랐다. 어렴풋이 기억나는 건, 누군가와 말다툼을 벌였다는 것이다. 그리고 그 때문에 개와 마찬가지로 도망쳐 나오기로 결심했다. 한때 자기 생각에 그토록 확고했던 소년은 이제 기억 한켠에 커다란 구멍이 생겨났음을 알게 되었다. 한때 그토록 굳건하고 견고했던 것이 이제는 파도가 지나간 듯 쓸려나가버렸다.

소년과 개가 말다툼을 벌이는 일은 거의 없었다. 그들이 의견차를 보이는 유일한 경우는 먹을 것을 정할 때뿐이었다. 그들은 어디로 향하고 있는지, 또는 왜 걷고 있는지에 대해서는 결코 의문을 품지 않았다. 나무 위에 걸린 해가 미끄러져 내려가기 시작할 때까지 그저 한 발, 한 발 앞으로 내놓기만 했고, 그쯤에서는 발걸음을 멈추고 어딘가 제 한 몸 적시지 않고 밤을 날 수 있는 곳을 찾으려고 했다.

어느 날 밤, 이런저런 이야기를 하던 중에 소년은 개에게 이름이 있느냐고 물었다. 개는 앉은 채로 잠시 생각에 잠겼다. 이름이 있었던 건 분명하지만 그게 뭐였는지는 기억나지 않는다고 대답했다. 있었다 한들, 무자비한 주인이 지어 준 이름이었고, 그래서 설령 기억난다 해도 그 이름으로는 다시 불리고 싶지 않다고 말했다.

"너는 어때?" 개가 말했다. "너야말로 분명 이름이 있었을 테지."

소년은 불현듯 난감한 표정을 지어보였다.

"있었어," 그가 말했다. "그런데 생각이 안 나."

자기 이름을 까먹었다는 사실은 소년을 몹시 괴롭혔다. 개로서는 상관없는 일이었지만 말이다. 소년은 가만히 앉아 계속 생각을 곱씹었고, 급기야 개가 그만 하라고 말할 정도였다. 그러고 나서 그들은 몸을 뉘어 나뭇잎을 끌어모았고 잠을 청했다.

두 달쯤 시간이 흘렀다. 소년과 개는 여전히 함께 걷고 있었다. 그런데 이번에는 소년에게 어떤 이상야릇한 느낌이

불쑥 다가왔다. 그는 걸음을 멈추고 주변을 둘러보았다. 개는 무슨 일이냐고 물었지만, 소년은 시원스레 대답할 수가 없었다. 숲의 나무들이 기묘하게도 낯이 익었다. 꿈에서 언젠가 만난 적이 있는 것 같은 느낌이었다. 그들은 다시 조금 더 걸었고, 소년은 다시 한 번 느닷없이 멈추었다. 그는 몸을 돌려 저만치 떨어진 곳에 있는 거대한 나무를 가리켰다.

"나, 저 나무를 알아." 그가 말했다.

소년과 개는 나무를 향해 다가갔다. 마침내 나무에 이르렀을 때, 소년은 그 아래 수풀 속을 파헤치기 시작했다.

개는 무엇을 찾고 있느냐고 물었다.

"나도 모르겠어." 소년이 말했다.

그는 작은 막대기 하나를 집어들고 고사리 숲을 마구 헤치더니, 그 속에 처박혀 있는 작은 옷가방 하나를 찾아냈다. 가방은 얼룩투성이에 눅신하게 젖어 있었다. 뚜껑은 이끼로 두텁게 덮여 있었다. 소년은 무릎을 굽히고 쭈그리고 앉아 걸쇠를 밀어 올렸다. 그러자 가방의 잠금쇠가 튀어 올랐다. 뚜껑을 열자, 그 안에는 공과 양말들이 가득했다.

개는 가방에 코를 박고 킁킁거렸다.

"네 거야?" 개가 말했다.

소년은 몹시 혼란스러워했다.

"그런 것 같아." 그가 말했다.

그들은 거대한 나무 옆에 한동안 앉아 있었다. 감당하기 어려울 만큼 너무 많은 생각이 머릿속을 지나갔다. 그의 입을 계속 다물게 했던 모든 나무가 서서히 비밀을 폭로하고 있는 것 같았다. 그는 눈을 들어 먼 곳을 향하더니, 고개를 끄덕였다.

"저기가 내가 온 곳이야." 그가 말했다.

소년은 그 머나먼 곳을 멈추지 않고 계속 응시했다.

"어떻게 해야 할지 잘 모르겠어."

그가 마침내 입을 열었다.

그들은 나무 사이를 배회하며 어둠이 내리기를 기다렸다. 그리고 또 잠시 더 기다렸다. 그러고 나서 그들은 자리를 털고 일어서서 작별의 인사를 나누었다. 소년은 굳이 물어보지 않아도 개가 알고 싶어하는 것이 무엇인지 잘 알았다.

"기다리기 힘들면, 그땐 가." 그가 말했다.

소년은 사람들이 다니는 골목길로 들어섰다. 발걸음을 옮길 때마다 또 다른 기억이 그를 마중 나오는 듯했고, 그가 보내온 과거의 한 조각 한 조각이 제자리를 찾아갔다. 몇 년 만에 처음으로, 그는 자기가 어디로 가고 있는지 알았다. 하지만 그것이 좋은 일인지 나쁜 일인지 확신할 수 없었다. 그의 집으로 가는 발걸음은 느릿느릿하기만 했다. 30분이 채안 되어, 그는 어린 날의 대부분을 보낸 작은 집을 어둠 속에서 올려다보고 있었다.

문을 열고 정원으로 미끄러져 들어간 후, 불이 환하게 밝혀져 있는 창문 안쪽을 발꿈치를 들고 들여다보았다. 거기에는 낡은 안락의자에 앉아 있는 엄마가 있었다. 그녀는 자고 있었고, 소년이 기억하는 것보다 훨씬 늙어 보였다. 그러나 그녀는 옛날과 다름없이 그의 엄마였다.

그는 안으로 뛰어 들어가 엄마를 와락 껴안고 싶었다. 창문을 두드려 꿈을 꾸고 있는 엄마를 깨우고 싶었다. 그러나 그럴 수 없다는 것을 깨달았다. 숲속에서 자신을 위해 만든 삶을 버리고 다시 예전으로 돌아갈 수는 없었다. 그리하여 그는 창문에 비친 유령처럼 그 자리에 우두커니 서서 잠들어 있는 엄마를 조용히 바라보기만 했다.

그는 자신을 감싸며 밀려드는 모든 기억을 간직하고 다시 골목길로 달려나갔다. 그날 밤은 그가 숲에서 보냈던 그어떤 나날보다 더 생생하고 두려웠다. 숲의 가장자리에 이르렀을 때, 개가 그를 맞이하기 위해 나와 있었다. 개는 소년을 살펴보며, 무슨 일이 벌어진 것인지 알아내려고 했다.

"괜찮은 거야?" 마침내 개가 말했다.

소년은 고개를 끄덕였다. 그리고 그들은 더 이상 아무 말도 하지 않은 채, 몸을 돌려 나무 사이로 사라졌다.

말은 머리를 조금 더 숙였다.
그리고 이윽고 셀마와 정면으로 마주하자
광기 가득한 늙은 눈으로 셀마를 응시하기 시작했다.
다음으로 말은 입술을 까뒤집으며
썩어가는 수많은 누런 이빨을 드러냈다.
한순간, 갑자기 얼굴을 들이민 말은
셀마가 입은 코트 맨 위에 달린 단추를
이빨로 낚아챘다.

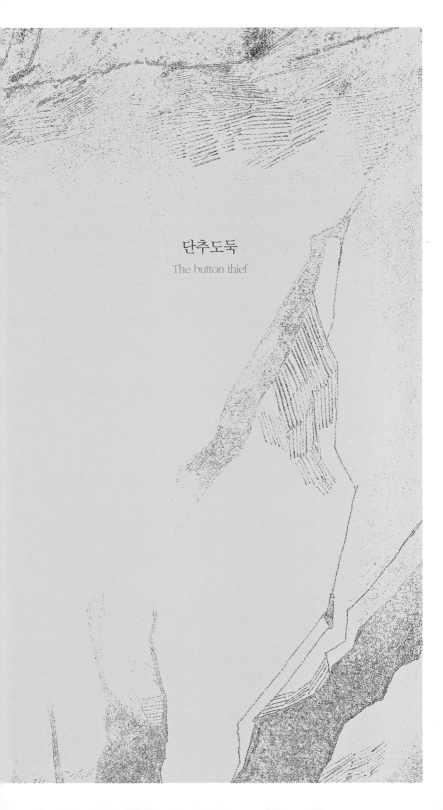

단추도둑

The button thief

셀마 뉴턴은 이제 막 아장아장 걷기 시작했다. 키라고 해 봐야 머리끝에서 발끝까지 아직 90센티미터도 안 되었다. 어른처럼 쑥쑥 커 보이고 싶었지만, 윗옷을 항상 두세 개 겹쳐 입는 버릇 때문에 늘 땅딸막하고 펑퍼짐해 보였다. 게다가 그 위에 좋아하는 코트라도 입은 날이면 배 둘레가 거의 키와 맞먹었다.

코트를 사준 사람은 블란체 숙모였다. 셀마는 겨울이면 단추를 다 채우고 모자를 푹 뒤집어썼고, 여름에는 그래도 단추를 열어 바람이 통하게 했다. 그 코트를 얼마나 좋아했던지, 두어 번인가는 아예 코트를 입은 채 잠자리에 들기도 했다. 하지만 곧 엄마 아빠에게 발각되었고, 평범한 다른 여자애들처럼 잠옷으로 갈아입어야 했다.

어느 일요일, 셀마는 귀가 시리지 않도록 모자를 둘러쓰고 진흙탕에 발이 빠지지 않도록 두툼한 부츠를 신은 다음 아빠와 산책을 나갔다. 언덕에 올라 저수지도 구경했고, 돌아오는 길에는 말이 한가로이 풀을 뜯는 목장을 지나쳤다. 그러고 보니 예전에 말과 소녀가 나오는 영화를 본 적이 있었다. 소녀와 말이 온갖 모험을 힘차게 헤쳐나가는 이야기로, 그 영화 때문에 셀마는 한동안 말을 몹시 갖고 싶어했었다.

셀마가 여전히 말에 미련이 있다고 생각한 아빠는 말이 다가오게 하려고 애썼다. 울타리에 매달린 채 손가락으로 딱딱 소리를 내고 입으로 똑딱 소리를 내가며 열심히 말을 불렀다. 시간이 좀 걸리기는 했지만 마침내 말이 어슬렁거리며 다가왔다. 말을 움직였다는 사실에 너무나 기뻐하는 아빠를 보면서 셀마는, 왠지 자기도 기쁜 척해야 할 거 같다고 생각했다. 사실 셀마는 말을 갖고 싶다거나 말과 함께 모험을 떠나고 싶다는 꿈을 접은 지는 이미 오래였다.

늙은 말은 전혀 서두르지 않았다. 아주 느리게 셀마와 아빠 쪽으로 계속 걸어왔다. 그러나 셀마의 아빠가 내는 소리에 반응한 것은 아닌 듯했다. 드디어 말이 코앞에 왔다. 셀마와 아빠는 너무나 볼품없이 늙어버린 말의 몰골에 놀랐다. 적어도 백오십 살은 족히 먹어 보였다. 두 귀 사이에 뭉친 털은 변기 닦는 솔 같았고, 구레나룻 같은 털이 귀와 코, 턱에 걸쳐 나 있었다. 말은 커다란 머리를 아빠에게 부비더니 곧, 어린 셀마가 서있는 울타리 아래쪽으로 숙여 주위를 살피기 시작했다.

"걱정할 거 없단다, 셀마." 아빠는 말을 좀 안다는 듯 말했다. "그냥 너한테서 나는 냄새를 맡고 싶은 거야."

아빠의 말이 완전히 틀린 것은 아니었다. 말은 셀마의 눈높이까지 머리를 조아리더니, 늙고 커다란 콧구멍으로 킁킁대며 냄새를 맡기 시작했다. 셀마의 머리와 어깨를 어찌나 꼼꼼히 훑었던지 셀마는 온몸을 감싸며 퍼지는 말의 열기와 얼굴을 때리듯 스치는 수염의 까칠함까지 느낄 수 있었다.

하지만 그렇게 가까이서 말을 보는 게 즐거운 일만은 아니었다. 우선 말의 머리가 셀마보다 열 배는 더 컸다. 입 냄새 또한 어찌나 지독했던지, 오전 내내 파이프 담배를 피웠거나 상한 양파를 한 포대쯤은 씹은 듯했다. 그러나 셸마는 진저리치면서도 냄새 맡고 있는 말을 내버려두었다. 조그만 더 참으면 되니까, 라고 스스로를 다독였다.

하지만 말은 머리를 조금 더 숙였다. 그리고 이윽고 셸마와 정면으로 마주하자 광기 가득한 늙은 눈으로 셸마를 응시하기 시작했다. 다음으로 말은 입술을 까뒤집으며 썩어가는 수많은 누런 이빨을 드러냈다. 한순간, 갑자기 얼굴을 들이민 말은 셸마가 입은 코트 맨 위에 달린 단추를 이빨로 낚아챘다. 그러고는 커다랗고 늙은 머리를 뒤로 홱 젖혔다.

코트를 입고 있던 셸마는 그대로 공중으로 떠올랐다. 셸마의 아빠는 그 상황에서라면 누구나 그러하듯 비명을 지르며 펄쩍 뛰기 시작했다. 말이 코트를 입은 셸마를 더 높이 올려댈수록, 셸마의 눈에 아빠는 점점 더 작아보였다. 늙은 말은 셸마를 인형 다루듯 마구 흔들어댔다. 셸마는 머핀이나 파이를 한입 베어 물듯, 말이 곧 자기를 먹어버릴 거라고 생각했다.

마침내 셸마가 입고 있던 코트 단추의 실이 끊어졌다. 셸마는 바닥에 나뒹굴었다. 떨어진 높이가 1미터에서 1미터 50센티미터쯤 되었을 텐데, 어른에게는 대수롭지 않았겠지만 셸마 같은 어린아이에게는 엄청난 높이였다.

땅으로 떨어진 셀마는 바닥에 납작 드러누웠다. 말은 들판을 가로질러 질주했고, 허공에 대고 뒷발질을 하며 기괴한 고성을 질러댔다. 말이 낼 수 있는 가장 사악한 웃음소리였다. 아빠는 진탕에 엎드려 있는 셀마를 일으켜 세우며 부러진 데는 없는지 살폈다. 하지만 셀마는 어찌나 의연했던지, 울지도 않고 야단법석을 피우지도 않았다. 그저 너무 놀란 나머지 어안이 벙벙할 뿐이었다. 하지만 다음 순간 셀마는 코트 위의 단추가 사라진 걸 깨달았다. 단추가 있어야 할 자리에는 실밥 두어 줄만이 삐져나와 있었다.

"쟤가 내 단추 먹었어." 셀마가 소리쳤다. 그러고는 곧장 울음을 터뜨렸다.

집에 돌아온 셀마를 달래기 위해 엄마 아빠는 안간힘을 써야 했다. 목욕을 시키고 침대에 누인 후, 온갖 사탕발림을 쏟아냈다. 겨우 셀마를 재운 엄마는 코트에서 진흙을 떨어냈고, 다음날 아침, 똑같은 단추를 꼭 찾아주겠다고 아이에게 다짐, 또 다짐했다. 그러나 어떤 상점에서도 똑같은 단추를 찾을 수는 없었다. 하나같이 크기나 색깔이 달랐다. 하지만 셀마는 단추를 어디서 잃어버렸는지 너무도 잘 알고 있었으므로, 노력하면 원래의 단추를 찾을 수 있다고 생각했다.

셀마의 부모는 단추가 "말의 몸을 통과하면 어떤 작용이 일어나는지" 설명했으며, 따라서 단추를 찾는 방법은 다시 목장에 가서 말이 본 "일"을 일일이 살펴보는 것이라고 말해주었다. 엄마 아빠는 셀마가 아무리 애걸복걸해도 그 작은 목장에 가서 오후 내내 말똥을 쑤시고 다니는 일은 결단코 없을 거라고 단호하게 말했다.

그리하여 화요일이 되자, 셀마는 제 손으로 일을 해결하기로 마음먹었다. 셀마는 차고를 뒤져 아빠가 옛날에 쓰던 오토바이 장갑을 찾아냈다. 껴보니 겨드랑이까지 올라왔다. 이윽고 적당한 때가 오자 셀마는, 여전히 실밥 몇 올이 삐져나와 있는 코트를 입고 목장으로 갔다.

그런 꼬맹이가 혼자 열심히 걸어가는 모습을 크게 신경 쓸 사람은 없었다. 어쩌면 커다란 장갑이 셀마를 더욱 우쭐하게 했을지도 모른다. 아닌 게 아니라 셀마는 지금 엄청난 목표를 품고 길을 떠난 게 아닌가. 20분쯤 지나 셀마는 드디어 늙은 말이 있는 목장에 도착했다.

말은 조금 멀리 떨어져 있었는데, 셀마가 있는 쪽은 쳐다보지도 않았다. 하지만 셀마는 왠지 자기가 와 있다는 사실을 말이 잘 안다는 느낌이 들었다. 셀마는 울타리를 기어 올라갔다. 그리고는 목장을 둘러보며 말이 싸놓은 똥을 찾기 시작했다. 똥 무더기가 적어도 스무 개는 되었다. 셀마는 일을 본 지 얼마 안 된, 가장 축축한 것부터 살피는 게 좋겠다고 판단했다. 가장 최근 게 자신의 소중한 단추를 품고 있을 가능성이 많았기 때문이다.

사실 셀마는 미친 말이 있는 목장 울타리를 넘으면서, 정신만 바짝 차리자고 스스로를 다독였다. 그러면 지난번처럼 말에게 잡혀 오르락내리락하다 진탕에 처박히는 일은 없으리라. '말에서 눈만 떼지 않으면 돼.' 셀마는 속으로 다짐했다. 그리고 말이 약간이라도 눈치를 챘다 싶으면 전속력으로 도망칠 심산이었다. 키는 볼품없이 작았지만 달리기 하나는 자신 있었다. 낌새가 보이면 쏜살같이 울타리를 넘겠다고 셀마는 생각했다.

하지만 셀마가 울타리 건너편으로 한쪽 다리를 넣고 들어가려는 순간, 누군가 갑자기 고함을 질러댔다. 고개를 들어보니 할머니 한 분이 달려오고 있었다. 한 손으로 강아지를 안고, 다른 손으로는 돌돌 말린 우산을 휘두르고 있었다.

"안 된다, 꼬마야." 노파가 셀마에게 소리치며 달려왔다. "안 돼, 들어가면 안 돼."

노파가 다가왔을 즈음 셀마는 가까스로 울타리 안으로 들어선 참이었다. 할머니는 꽤나 흥분해 있었으며, 뭔가 기분 나쁜 듯 세차게 머리를 휘젓고 있었다.

"요 녀석, 이 꼬마 아가씨야." 그녀가 말했다. "그런 데 올라가면, 그러면……," 잠시 적당한 말을 찾았다. "거기 사는 괴물이 너를 잡아다가 이리저리 마구 휘저으며 장난칠 거야."

물론 저 심술궂은 동물에 대해서라면 셀마도 겪어봤으니 할 말이 많았다. 하지만 노인은 혼자 떠드느라 남의 얘기를 들을 생각이 없었다. 그녀는 늙은 말에 한이 맺혀 있었고, 더 이상 그 말이 하는 짓을 가만두고 보지 않을 참이었다. 하지만 노파가 침을 튀겨가며 떠드는 동안, 말은 어느새 10미터도 안 되는 곳까지 천천히 다가와 있었다. 말은 노인의 이야기를 가만히 듣고 있었다. 눈앞에 벌어지고 있는 광경을 사뭇 즐기는 듯한 모습이었다.

노파의 이야기인즉슨, 한 달 전 그 몹쓸 말이 자신의 사랑스러운 개, 피클스를 거의 해칠 뻔했다는 것이었다. 목장을 돌아다니던 피클스의 목걸이를 물고 말이 머리 위로 개를 빙글빙글 돌려댔던 것이다. 그 장면을 묘사하면서 할머니는 마치 자신이 말이 된 듯, 이빨을 드러내기도 하고 어깨 위로 제 머리를 돌려대기도 했다. 그녀의 가슴에 여전히 안겨 있던 강아지는 그 일이 다시 떠올라 몹시 괴로운 듯했다. 반면, 뒤에 있던 말은 무척 즐거운 듯, 뒷머리를 젖혔다가 콧방귀를 내뿜었다.

"얘가 요즘 통 걸으려 하질 않아," 노파가 털어놓았다. "적어도 이 근방에선 어림도 없지. 내내 안고 다녀야 한다니까."

노파는 안고 있는 개의 턱을 간질이며 다독여주었지만, 이미 혼란에 빠진 개는 완전히 굳어 있었다. 셀마는 노파가 잠시 이야기를 멈춘 틈을 타 자기가 겪은 일을 늘어놓기 시작했다.

"쟤가 내 단추를 먹었어요." 단추가 달려 있던 자리를 보여주며 셀마가 말했다.

실밥 자리를 찬찬히 들여다본 노파는 머리를 절레절레 흔들었다. 그러고는 고개를 돌려 몹시 못마땅한 눈길로 말을 쏘아보았다. 셀마도 덩달아 말을 노려보았다. 그러나 신경이 곤두선 개는 쳐다볼 생각조차 못하고 눈길을 피해버렸다.

째려보는 눈길을 거둔 노파는 셀마에게 그 사건을 알렸냐고 물었다. 셀마는 그렇게 하지 못했다고 고백했다. 그런 일을 어딘가에 알릴 수 있다는 사실을 몰랐던 것이다.

"말 주인에게 얘기했어야지," 노파가 말했다. "에드워즈 할아버지 말이다."

사실 셀마는 말 주인이 있을 거라고는 생각조차 하지 못했다. 너무 제멋대로라 길들지 않은 것처럼 보였기 때문이다. 그 때문에 노파가 말 주인이 형편없고 소심한 인간이라고 말했을 때도 놀라지 않았다. 노파는 그런 일이 일어나면 즉각 주인에게 항의해야 한다며, 당장 에드워즈 씨 농장으로 가자고 했다. 그들은 다시 길을 나섰고, 얼마 안 가 노파는 안고 있던 개를 땅에 내려놓았다. 하지만 개는 걷는 둥 마는 둥하며 계속 뒤를 흘깃거렸다. 당장이라도 말이 나타나 제 목을 물고 던지지는 않을까 걱정하는 듯했다.

셀마는 농장 입구에서 노파와 작별인사를 했다. 노파는 우산을 지팡이 삼아 짚으며, 개와 함께 길을 떠났다. 그 개는 아마 집에 있는 난롯가 옆에 다시 앉을 때까지는 안심하지 못할 듯했다. 에드워즈 씨는 금세라도 쓰러질 듯한 집에 살고 있었다. 지붕 한가운데는 내려앉았고 창문은 이미 두어 개 깨져 판자로 기움질되어 있었다. 셀마는 먹이를 찾으며 바닥을 쪼고 있는 말라비틀어진 암탉 몇 마리를 지나 집으로 걸어 들어갔다. 노크를 하자 잠시 후 닳아빠진 작업복을 입은 늙은이가 문을 열어주었다. 머리에는 얼마 남지 않은 머리카락이 달라붙어 있었고, 구겨진 회색 양말은 헐렁하게 발에 감겨 있었다. 머리끝에서 발끝까지 다 쭈글쭈글한 할아버지 한 분이 서 있었다.

에드워즈 씨는 셀마만 한 애가 찾아온 데 놀랐다. 사실은 어떤 사람이 방문하는 것도 그에게는 익숙하지 않았다.

"무슨 일이니?" 셀마를 내려다보며 말했다.

셀마는 그간 일어난 일을 미주알고주알 다 말하고 싶지는 않았다.

"할아버지 말이요……," 셀마가 말했다. "제 단추를 먹었어요."

셀마는 증거를 보여주기 위해 단추가 달려 있던 자리를 손가락으로 가리켰다.

"쟤 땜에 목이 거의 부러질 뻔했어요." 셀마가 말했다.

농부는 또다시 발가락을 찧거나 손가락이 문에 낀 것처럼 움찔했다. 그러고는 미안하다는 듯 고개를 절레절레 흔들며 말했다.

"천하에 그런 난봉꾼이 따로 없지," 그가 말했다. "내버려두었다간 다 뺏어갈 놈이야." 그러고는 어느새 고개를 끄덕였다. "암, 단추도 다 뜯어갔을 놈이지."

때늦은 경고였다. 그때의 기억이 새삼 다시 밀려오자 셀마는 갑자기 눈물이 났다. 농부는 아이가 설움에 북받친 건 알았지만 딱히 달랠 방도가 없었다. 늙은 농부는 험담을 계속 늘어놓았다.

"아주 못된 놈이야," 그가 말했다. "아주 험악한 놈이지. 아마 그놈 뱃속에는 영국에서 제일 큰 옷가게보다 단추가 많을 걸."

하지만 그 늙은 말이 좋아하는 게 비단 단추만은 아닌 듯했다. 누군가 꼭 틀어막고 있지 않은 한, 무엇이든 그의 입속으로 사라질 수 있었다. 집어삼킨 귀걸이도 몇 개는 되었고, 안경을 빼앗긴 남자도 있었으며, 심지어 갓난아기에게서 고무젖꼭지를 뺏은 적도 있었다.

"있지, 그놈한테는 비밀장소가 있어." 농부가 배에 오른쪽 방향으로 원을 그리며 말했다.

"집어먹은 걸 보관하는 곳이지. 어쩌다 내키면 기침을 해서 오래된 배지나 단추를 토하기도 해. 자기 걸 세상에 자랑하려는 거지."

농부가 기억하기로 고무젖꼭지 절도사건은 육칠 년 전 일로, 그때 젖꼭지를 빼앗겼던 아이가 이미 꽤 자라 소년이 되었지만, 아직도 소년이 어쩌다 이곳을 지나갈 때면 말이 누런 이빨 사이로 그때 삼킨 고무젖꼭지를 자랑스레 내보인다고 했다.

"그러니까……" 농부가 말했다. "그 애를 놀리는 거지."

셀마는 그렇게 하찮은 동물 하나가 맘대로 심술을 부리

고도 벌을 받지 않는다는 사실에 놀랐다.

"표지판이라도 달아주세요." 셀마가 말했다.

"조심하라고요."

"그래, 그래야지," 농부가 동의했다. "근데, 계속 달아야지 하면서도 통 시간이 안 나는구나."

한동안 에드워즈 씨는 할 말 없다는 듯 입 다물고 우두커니 서 있었다. 셀마는 그가 진심으로 미안해하고 있음을 알았다. 그리고 누구보다도 그렇게 고약한 말을 키워야 하는 그의 심정을 이해했다. 하지만 이래서는 별 도움이 안 되었다. 셀마는 농부에게, 자신이 단추를 되찾으러 가는 걸 허락해달라고 야무지게 말했다.

"여부가 있겠니, 그래, 그래야지." 그가 말했다. 하지만 여전히 별 기대는 하지 않는 표정이었다. "이제까지 뺏은 걸 도로 뱉어낸 적이 없는 놈이기는 하다만, 한번 가보자꾸나."

그리하여 에드워즈 씨는 외투를 걸치고 헐렁헐렁한 양말을 부츠에 쑤셔 넣은 다음, 닭들 사이를 헤치며 앞장섰다. 농부와 함께 걸으면서 셀마는 말을 뭐라고 부르냐고 물었다. 이름을 알면 분위기를 좀 바꿔볼 수 있지 않을까 해서였다. 하지만 농부는 다시 머리를 절레절레 흔들었다.

"그 방법도 써봤지," 완전히 지친 표정으로 그가 말했다.

"안 갖다 붙인 이름이 없어. 그런데 놈이 받아들이려고 하질 않아. 안 통했어, 단 한 번도."

이름에 대한 이야기를 하던 에드워즈 씨는 점점 침울해졌다. 셀마는 더 이상 그를 성가시게 하고 싶지 않은 마음에 잠자코 길을 걸었다. 덕분에 두 사람이 가는 길은 너무도 조용했고, 들리는 소리라곤 어쩌다 한 번씩 끙끙대며 내뱉는 에드워즈 씨의 한숨뿐이었다.

목장 입구에 다다르자마자, 늙은 말이 두 사람 쪽으로 다가왔다. 말은 셀마를 알아보았고 예의 그 야비한 눈길을 떼지 않았다. 아니 좀더 정확히 말하자면, 셀마의 코트에 달려 있는 나머지 단추 다섯 개에 시선이 꽂혀 있었다. 말이 노리는 바를 잘 알고 있던 농부는 셀마를 말의 눈에 띄지 않게 한 후, 몇 미터 더 떨어져 있으라고 말했다. 잠시 동안 숨을 고른 농부는 말을 정면으로 바라보며 입을 열었다. 마치 사람에게 하듯 말을 걸었다. 가게에서 물건 훔치다가 경찰에 붙잡혀온 늙은 친척을 훈계하는 것 같았다.

"이 꼬마애가 그러는데, 얘 단추를 먹었다면서?" 그가 말했다.

말은 대꾸하지 않았다.

"그게 정말이야?" 농부가 말했다. "정말 얘 단추를 훔친

게 맞냐구!"

또다시 아무 소리도 내지 않았다. 그리고 그 후로도 계속 버텼다. 말은 어떤 비난을 해도 끄떡없다는 듯 고개를 빳빳하게 세우고 서 있었다. 셀마가 보기에는 헛수고였지만 농부는 포기하지 않고 심문 수위를 높여갔다.

"이 못돼먹은 늙은이 같으니," 그가 말했다. "이 꼬마 단추를 훔쳤지? 내가 알아. 얼른 뱉어내지 못해?"

그러자 갑자기 말은 농부에게 엉덩이를 보이며 저 멀리 지평선을 향해 돌아섰다. 셀마는 그렇게 심하게 무시당하는 광경을 처음 보았다. 더구나 물러서지 않고 설교하려던 농부에게 꼬리를 흔들며 방귀까지 내뿜었는데, 어찌나 강력하게 숨통을 조였는지 그만 무릎이 꺾이면서 주저앉을 뻔했다.

방귀의 여파는 뒤로 물러나 있던 셀마에게까지 미쳤다. 셀마는 머리가 어지러웠고 눈물이 핑 돌았다. 하지만 불쌍한 에드워즈 씨는 마치 한 대 얻어맞은 것처럼 배를 틀어쥐었고, 무릎에 얼굴을 파묻은 채 뒤로 자빠지지 않으려고 안간힘을 썼다. 저러다 몸져눕는 게 아닐까 싶을 정도였지만 다행히도 꼿꼿이 일어났다. 하지만 여느 늙은 농부들처럼 몸을 쫙 펴고 일어섰을 때, 그의 얼굴은 고통스러움뿐만이 아니라 굴욕감으로 뒤범벅이 되어 있었다.

"이 지독한, 지독한 놈," 에드워즈 씨가 낮게 내뱉었다. 그러고는 말에게도 셸마에게도 한마디 말도 없이 비척이며 가버렸다.

말은 사라지는 주인의 모습을 바라보았다. 실망한 듯도 했다. 그러나 눈앞에서 주인이 사라지자 다시 셸마에게 사악한 눈빛을 보냈다. 말에게 셸마는 너무도 좋은 장난감이었다. 셸마는 머리를 세차게 흔들어대며 뒷걸음질 쳤다.

셸마는 집으로 향했고, 말은 울타리 반대편에서 셸마를 따라가고 있었다. 말은 계속해서 셸마를 흘긋거렸다. 셸마는 혹시나 마음이 바뀌어 말이 돌아가지 않을까 살폈지만 소용없었다. 마침내 길이 갈리는 지점에 이르자, 천천히 달리던 말은 걸음을 멈췄고, 셸마에게로 고개를 돌렸다. 세상에서 가장 기괴한 표정으로 말이다. 혀는 길게 늘어뜨리고, 눈알은 희번덕거리며 굴리고 있었다. 셸마는 순간 세상에서 가장 강력한 재채기를 하려는 게 아닌가 싶었다. 과연 다음 순간, 말은 기침을 했다. 단말마의, 뼈를 울릴 듯 목구멍을 고르는 그 소리는 몸속 깊은 곳에서 시작되어 헐떡헐떡 씨근거리는 소리로 바뀌어갔다. 땅바닥으로 모가지를 기다랗게 빼더니 위아래로 몇 초간 가볍게 흔들었다. 그리고 평정을 되찾은 말은 셸마 쪽으로 발걸음을 바꾸었다. 갑자기 윙크를 하는가 싶더니 입술을 까뒤집었다. 그리고 거기, 누런 이빨 사이로 셀마의 단추가 보였다.

셀마가 무의식적으로 손을 뻗자 말은 머리를 뒤로 뺐다. 그렇게 셀마에게 단추를 보여주고서, 말은 고개를 뒤로 젖히더니 단추를 도로 꿀꺽 삼켰다.

말은 큰 소리로 웃어젖혔고 셀마의 분노는 극에 달했다. "너, 이 악당!" 셀마가 말했다. "이 뚱뚱하고 못생긴 악당아!" 셀마는 콩알만 한 주먹을 마구 휘둘렀다.

말은 그렇게 한참을 낄낄거렸다. 하지만 그 사악함에는 끝이 없었다. 숨을 돌리느라 웃음을 멈출 때마다 화가 난 셀마의 얼굴을 보았고, 그러고는 더 심하게 웃어댔다. 웃다 지친 말은 결국 발작적으로 헐떡거리다 '허힝' 하는 울음소리를 냈고, 결국에는 광분을 이기지 못하고 제풀에 꺾였다.

셀마가 실컷 비웃으라며 쏘아붙이고 떠나려는 찰나, 느닷없이 말이 웃음을 멈추었다. 말은 어리둥절한 표정으로 뻣뻣하게 굳더니 곧 공포에 휩싸였다. 입은 떡 벌어지기 시작했고 동공은 점점 더 커져갔다. 호흡이 곤란해진 듯했고 몇 초 지나지 않아 숨을 쉬지 못해 눈이 뒤집히며 기침과 발작을 반복했다.

몸 전체가 굳어지며 요동치는 동안, 말은 다시 목구멍을

트기 위해 필사적으로 몸부림쳤다. 숨이 막히는지 헛구역질을 해대며 몸을 뒤틀기 시작했다. 그리고 다시 한 번 머리를 크게 휘젓자, 몸속에 있던 단추들이 울타리 너머로 세차게 쏟아져 나왔다. 폭포수처럼 쏟아져 내리는 가지각색의 단추들에게 길을 내주기 위해 셀마는 옆으로 몸을 피해야 했다.

강력한 콧김으로 마지막 단추가 콧구멍에서 나왔다. 말은 울타리에 누워 자기가 방금 내놓은 전리품들을 비통한 눈길로 바라보고 있었다. 셀마는 끈적끈적한 침 범벅이 된 단추더미를 살폈다. 각양각색의 단추가 백 개는 너끈히 넘어 보였고, 그 사이로 한물간 안경과 귀걸이 몇 개, 그리고 고무젖꼭지가 있었다.

셀마는 아빠의 오토바이 장갑을 겨드랑이까지 끼고, 말이 지켜보는 가운데 단추들을 꼼꼼히 뒤지기 시작했다. 그리고 깊숙한 곳에서 자신의 소중한 단추를 발견했다. 셀마는 단추를 바지에 쓱쓱 문질러 닦은 다음, 엄지와 검지로 들어올려 보았다.

그러고는 몸을 돌려 말에게 단추를 보여주며 외쳤다.

"하아~!"

집으로 돌아온 셀마는 단추를 뜨거운 비눗물에 담가 깨

끗이 씻었다. 엄마는 셀마의 코트에 다시 단추를 달아주었다. 셀마는 다시 코트를 입고 단추를 목까지 채운 다음 금메달을 딴 것처럼 마당을 휘젓고 다녔다.

그 다음주 일요일, 아침나절 내내 엄마 아빠는 셀마와 함께 푯말을 만들어야 했다. 그러고는 오후에는 목장으로 가들고 온 푯말을 일정한 간격으로 여러 개 세웠다. 눈에 쉽게 띄면서도 울타리에 너무 가까이 붙여 말의 이빨에 채이지 않도록 신경을 썼다.

말은 셀마가 푯말을 박는 모습을 쓰라린 표정으로 지켜보았다.

모든 푯말이 전하는 경고는 똑같았다.

조심!

단추도둑 있음

푯말에는 이렇게 씌어 있었다.

Gothic Novel 시리즈를 내며

'이야기'는 채워지지 않는 오래된 욕망이다. 이성의 세계와 등을 맞댄 무의식과 환상의 세계, 그곳에서 시작되는 이야기에 대한 갈증은 신화, 전설, 민담의 형태로 창조·구전·기록되었다.

18세기 영국과 유럽에서 시작된 서양의 Gothic Novel은 '욕망의 심리학'과 '이야기의 서사학'을 바탕으로 구성된 문학적 흐름의 집성이며, 당대의 뛰어난 소설가들이 삶과 죽음의 경계를 성찰한 철학적 장이자 작가적 기량을 뽐낸 아름다운 경연장이었다. 월 플로셔, 레드클리프 부인, 찰스 디킨스, 엘리자베스 개츠킬, 매슈 루이스, 메리 셸리, 기 드 모파상, 니콜

라이 고골, 도스토예프스키, 나다니엘 호손, 에드거 앨런 포, 헨리 제임스, 이디스 워튼 등등이 그들이다.

한 세기 '장르문학'으로 짐짓 멸시된 Gothic Novel은, 그러나 영화와 만화, 회화, 음악과 컴퓨터게임, 각종 인터넷 문화에 이르기까지 컨텐츠의 질과 양을 최고로 담지한 인류의 문화적 보고이다. 특히 동아시아 이야기의 무진장한 광맥은 대부분 첫 삽조차 떠보지 않은 채로 남겨져 있다. 그 어느 때보다도 '이야기'의 문화적 자산과 원형에 친숙해져야 할 시점에 놓여 있는 우리는 서양과 함께 동양의 고딕문학을 주목하며 이제 날 것의 욕망이 넘실대는 풍요로운 화엄(華嚴)의 바다 위로 힘차게 나아가는 삶과 문학의 놀라운 항해술을 모색하고자 한다.

새롭고 특별한 편집 디자인으로 펼쳐질 노란잠수함의 '이상한 이야기 Gothic Novel' 시리즈는, 고딕문학의 출발점이 된 동서양의 고전과 현대 작가들의 도전적 해석을 엿볼 수 있는 대표작들을 독자 여러분께 내보내고자 한다.

'상상 그 이상의' 상상력으로 만들어진 이 낯설고 신기한 '이야기'들을 통해 밤새워 책 읽는 기쁨으로 새로워진 아침을 맞는 우리 모두의 행운을 기원한다.

잠에 빠진 소년

2017년 4월 20일 1판 1쇄 박음 / 2017년 4월 27일 1판 1쇄 펴냄

지은이 믹 잭슨
그린이 데이비드 로버츠
옮긴이 문은실
펴낸이 김철종, 박정욱
책임편집 김성은 **디자인** 김정호 **마케팅** 오영일
인쇄제작 정민문화사

펴낸곳 노란잠수함
출판등록 1983년 9월 30일 제1 - 128호
주소 110 - 310 서울시 종로구 삼일대로 453(경운동) KAFFE빌딩 2층
전화번호 02)701 - 6911 **팩스번호** 02)701 - 4449
전자우편 haneon@haneon.com **홈페이지** www.haneon.com

ISBN 978-89-5596-789-0 03840

「이 도서의 국립중앙도서관 출판예정도서목록(CIP)은 서지정보유통지원시스템 홈페이지
(http://seoji.nl.go.kr)와 국가자료공동목록시스템(http://www.nl.go.kr/kolisnet)에서 이용
하실 수 있습니다.(CIP제어번호: CIP2017009724)」